EL RETO DEL ALFA

UN ROMANCE DE HOMBRES LOBO

RENEE ROSE
LEE SAVINO

Traducido por
BEGONA

Midnight
ROMANCE

LIBRO GRATIS - LA VIRGIN Y EL VAMPIRO

Quiere un libro gratis de Renee Rose y Lee Savino? Suscríbete a su newsletter para recibir *La virgin y el vampiro* y otro contenido especialmente bonificado y noticias de nuevos. https://BookHip.com/XJPQQXK

LIBRO GRATIS DE RENEE ROSE

Quiere un libro gratis de Renee Rose? Suscríbete a mi newsletter para recibir *Padre de la mafia* y otro contenido especialmente bonificado y noticias de nuevos. https://BookHip.com/NCVKLK

CAPÍTULO UNO

Foxfire

Un breve ruido es mi única advertencia antes de que mi sopa estalle.

«Maldita sea». Abro la puerta del microondas. Solo queda la mitad de la sopa de tomate, y el interior del microondas parece la escena de un asesinato.

Menos mal que ya pedí una pizza.

Con un suspiro, cierro la puerta para no ver la horrible salpicadura roja. Mi estómago gorgotea como si no hubiera comido en un día. Tal vez no lo haya hecho. Apenas sé qué día es. Día ocho tras la peor de las rupturas, y lo único que me mantiene conectada con el mundo exterior es mi mejor amiga.

Hablando de mejores amigas... Presiono mi único número de marcación rápida. Va directamente al correo de voz tomándome por sorpresa. Amber debería estar en casa acostada, después de haberla rescatado de su cita infernal.

Ceso la llamada y le envío un mensaje de texto: *Acabo de pedir una pizza, ¿vienes a compartir la mitad?*

Probablemente sea demasiado pronto para mencionar el desastre de su cita. Ella solo había conocido al tipo por unos días, pero él era su vecino. *Raro.* Y sí, era atractivo, pero ¿desde cuándo eso le da a un chico una excusa para abandonar a una mujer en la ladera de una montaña en medio de una primera cita?

«Mi ex es un imbécil, pero ni él haría eso».

Trae una foto de Garrett. Tengo una de Benny, y un montón de dardos... Empiezo a tipear el mensaje de texto pero lo elimino. En cambio, escribo: *Estoy renunciando a los hombres para siempre. Pongámonos gordas y adoptemos muchos gatos.*

Eso la hará reír.

Reviso la casa, observando montones de restos de correos y folletos de comidas para llevar que aparecieron en los últimos días. Desde la ruptura, he sido prácticamente una ermitaña. Benny todavía no ha venido ni siquiera para recoger sus cosas.

No es que yo quiera que aparezca. Rata bastarda.

Amber todavía no me ha devuelto el mensaje de texto. Es extraño. Son las seis de un sábado por la noche, y mi mejor amiga suele estar en casa, sola. Como yo.

Vaya, somos patéticas. Tal vez realmente deberíamos adoptar algunos gatos.

Vuelvo a enviar un mensaje de texto a Amber: *No adoptes ningún gato sin mí.*

Mi madre tenía razón. Los hombres apestan. Seré feliz si nunca veo a otro hombre por el resto de mi vida. Excepto al repartidor de pizza. Haré una excepción por él.

Cuando suena el timbre, salgo corriendo y abro la puerta, tal vez demasiado ansiosa.

—¿Qué le debo...? —Mi voz muere. Miro hacia arriba.

Y más arriba. Y un poco más. Maldita sea, este repartidor de pizza es alto, como un tronco. Como una roca o algo así. Mide más de un metro ochenta y sus hombros son demasiado grandes para entrar por la puerta. Aire militar. Sombras en su rostro... al anochecer.

—Hola, chico grande —mi parte de zorra ronronea. «¡No! ¡Mal Foxfire!».

—¿Foxfire Hines? —Parece un poco incrédulo, como si no creyera que ese es mi nombre. Le entiendo.

—Mi madre es *hippie* —digo.

—¿Qué? —Sus cejas se disparan sobre las sombras.

—Mi nombre es extraño porque... mi madre es *hippie*. Ella pensó que era bonito.

—Tu madre.

—Sí.

—Tu nombre es realmente Foxfire. —Suena casi resignado, como si no creyera el giro que ha dado su vida para acabar frente a mi puerta. Entiendo. Nunca he sentido lujuria por un repartidor de pizza. Ambos estamos teniendo una noche de primicias.

—¿Me estabas esperando? —pregunta.

—Oh, sí. —Entonces me doy cuenta, a través de la nube de deseo, de que mi cerebro estaba gritando sobre mi libido—. Espera... ¿dónde está la pizza?

~.~

Tank

FOXFIRE. Jodidamente ridícula. La chica se ve tan loca como su nombre. En los papeles, ella está bien. Diseñadora gráfica, tiene una buena lista de clientes, paga sus facturas a tiempo. Vive en una respetable casa cerca de la universidad. Hasta ahora, todo bien. En persona, es un espectáculo que camina y habla. El cabello lo lleva teñido de los colores del arco iris, como de una caricatura. También es pequeña, una pequeña duende en pantalones cortos y top con tirantes. Podría levantarla y sostenerla en una mano.

Ah, y es impresionante. Incluso con el pelo de payaso.

Este trabajo va a ser fácil, o una tortura para mí.

—¿Dónde está la pizza? —Ella mira a mi alrededor. Antes de que pueda protestar, entro sin permiso, notando la explosión de papeles en cada superficie, unos puf en el piso, algunos atrapasueños en las ventanas y una lámpara de lava en la esquina. El duende de dibujos animados vive en La La Land.

—¿Qué estás haciendo? —dice parpadeando hacia mí, con sus ojos estrellados muy abiertos. Totalmente sin miedo. Un hombre del doble de su tamaño acaba de entrar en su casa, y ella está preguntando por la pizza. La mayoría de las mujeres se asustarían. No esta. Como dije, vive en La La Land.

—Necesito hablar contigo —digo.

—Está bien. —Ella agrega en un tono esperanzador—: ¿Olvidaste la pizza en el coche?

—No hay pizza. Se trata de Amber.

—¿Amber? —Su cabeza se inclina hacia atrás y respira hondo.

—Señorita Hines, es mejor que se siente.

Para mi sorpresa, cae en el único asiento decente del lugar, un sofá maltratado. Ella respondió a mi autoridad de inmediato. Si fuera de una manada, diría que es una loba luchadora, pero sumisa.

Tal vez esto vaya a ser fácil.

—¿Algo anda mal? ¿Amber está en problemas?

—Todavía no. No si cooperas.

—¿Qué? —susurra, con la sangre drenando de su rostro. El aroma de su miedo llena la habitación, y mi lobo levanta la cabeza, porque lo odia profundamente.

Es mi turno de soltar un suspiro. Mi lobo nunca presta atención a los humanos. Ni siquiera a mujeres bonitas con el pelo raro.

—No estoy aquí para lastimarte. —¿Por qué le prometo eso? Se supone que debo intimidarla. Mi trabajo es entrar, ver qué sabe esta mujer y controlarla. Mantener a mi manada segura. Fácil. Pero ahora mi lobo se encuentra en un estado de nerviosismo total porque podríamos estar asustándola. Lo cual es ridículo. ¿Desde cuándo le importan los sentimientos de un humano más que la seguridad de la manada?

—Me gustaría que esto fuera rápido e indoloro, pero depende de ti. Amber habló contigo esta tarde. Necesito saber qué dijo.

Ella me mira fijamente.

—Esto será más fácil si haces lo que digo —agrego.

Inmediatamente, su espalda se pone rígida.

—¿Me acabas de amenazar?

—Señorita...

—¿Lastimaste a Amber? ¿Dónde está mi amiga? —Ahora está de pie, con la voz al alza. Este duende de metro y medio actúa como si fuera a desafiarme. Y mi lobo... él piensa que es aún más linda cuando está enfadada.

—Es mejor que no la hayas tocado, amigo —resopla Foxfire—. Le dije a ese imbécil de Garrett, y ahora te lo repito a ti: Cuando se trata de Amber, *aléjate*.

Me está desafiando. También acaba de llamar imbécil a mi alfa. Está loca o es una suicida.

—Señorita Hines...

—Lo dije en serio. —Me da un empujón en el estómago y mi lado dominante surge. Atrapo su muñeca y la tiro hacia adelante, girándola en el último minuto para que termine metida contra mí, de espaldas a mi frente, mi cuerpo doblado sobre el suyo y mi nariz enterrada en su cabello de color arco iris. Capto el aroma de ella: champú de fresa, tinta de impresora, un poco de incienso *hippie* y un olor salvaje que se cierne fuera de su alcance, familiar, pero no es algo que pueda ubicar.

Ella lucha pero está atrapada, con un brazo delgado y curvo en todos los lugares correctos. Mi polla aprovecha este desafortunado momento para despertarse.

—Déjame decirte cómo va a ir esto, cariño —le susurro al oído—. Yo voy a hacer las preguntas. Y tú me vas a dar respuestas. Y si eres muy, muy buena, tú y tu amiga estarán bien. ¿Entiendes?

—Déjame ir. —Se levanta, pisoteando sus pies sobre los míos. Dado que los míos están encerrados en botas de motociclista, y los de ella están desnudos, probablemente le duela más de lo que me duele a mí. La levanto en el aire y casi le llevo un talón a mi polla. La cambio hacia un lado en el último momento, y su pie rebota en mi muslo.

—¡Ayuda, un asesino! ¡Violador! —Foxfire grita. Le aprieto la mano en la boca y me muerde. Mi lobo decide que está enamorado.

En los siguientes segundos, estamos en el suelo, mi mano todavía sobre su boca, mi peso corporal inmovilizándola. Una posición interesante para hacer todo tipo de cosas, señala mi lobo. Mi miembro está de acuerdo.

La volteo para que esté frente a mí. Su pecho sube y baja rápidamente, y su aroma está lleno de miedo, pero sus ojos escupen fuego.

—Eso es suficiente. —Empleo suficiente dominio en mi tono para acobardar a toda una manada de lobos—. ¿Vas a cooperar o tengo que atarte?

Ella hace un ruido contra mi palma que suena mucho a *jódete*. Estoy a punto de decirle que me encantaría complacerla, cuando suena el timbre. La maldita pizza está aquí.

Tal vez esto no vaya a ser tan fácil.

CAPÍTULO DOS

Foxfire

A MEDIDA que el timbre resuena en mi casa, el tipo grande
que me sujeta sobre el suelo cambia de posición para
sostener la mayor parte de su peso en lugar de asfixiarme
en la madera dura. Lo cual es bastante considerado.
Aprecio esa clase de detalle, incluso en un hombre que ha
irrumpido en mi casa bajo el falso pretexto de la pizza.

El timbre vuelve a sonar.

—¿Y bien? —Mis palabras salen amortiguadas bajo su
mano—. ¿Vas a por la pizza?

Mueve la mano.

—¿Te vas a comportar?

Me lamo los labios y su mirada se lanza sobre mi boca.
Se mueve de nuevo, y de repente soy muy consciente de su
impresionante hombría presionada contra mis partes. Es
un chico grande. Muy grande.

Oh, Dios mío, ¿estamos teniendo un momento? Lo

miro fijamente. Mandíbula fuerte, labios firmes. Cuerpo muy musculoso presionado contra el mío.

Mi lengua se lanza a lamer mis labios, y sus ojos siguen cada movimiento. El arma en sus pantalones salta contra mi pierna.

Trato de salir de debajo de él, y me agarra con más fuerza, recordándome que es más alto y mucho más fuerte que yo. Podría gritar, pero eso podría poner en peligro al repartidor. Y estoy bastante segura de que enloquecería a este campeón de lucha libre. El resultado: malo. Para mí, para el repartidor, probablemente para Amber. Y no voy a conseguir la pizza.

Por alguna razón, no le tengo miedo. Huele... correctamente. Cuando se trata de personas, tiendo a confiar en mi sentido del olfato. Por extraño que suene, funciona.

Además, soy Foxfire Hines. No le tengo miedo a nada, excepto a las serpientes del sanitario.

El timbre vuelve a sonar.

—Me comportaré —le digo— si pagas por la pizza. Pero solo porque me preocupo por Amber. Y tengo hambre.

—¿Lo dices en serio?

—¿Juramento de meñique? —Me ha sujetado las muñecas al suelo junto a mi cabeza, pero todavía puedo retorcer mi dedo meñique.

El tipo me estudia un momento. Sonrío toda dulce e inocente. Confiable.

Suspira y se levanta:

—No es un asunto divertido. —Me señala con el dedo acusador—. No estoy aquí para lastimarte, pero si causas problemas, te castigaré.

Mi interior tiembla. No estoy excitada, de ninguna manera. Mis pezones se marcan en el top porque hace frío.

Me envuelvo los brazos alrededor de mí misma, por si acaso.

Mi no deseado y gigante invitado está en la puerta, intercambiando billetes por una caja cuadrada blanca y roja. No gritar fue la acción correcta. El repartidor no es tan grande y alto, y no ha ido al gimnasio en mucho tiempo. El señor *Músculos* parece que vive en uno y duerme en una máquina de pesas.

—No olvides la propina, le recuerdo.

Un ceño fruncido, y mi invitado no deseado se aleja de mí. Guau. La parte trasera está tan firme como la delantera.

Debo de haberme acercado un poco al tipo, porque lo siguiente que sé es que está regresando hacia mí, caja de pizza en mano, atrapando mi codo y propulsándome al sofá con la otra.

—Siéntate —ordena él, y obedezco. Tan pronto como mi trasero golpea el sofá, alcanzo la pizza.

—No tan rápido. Primero, hablemos.

—Este es un castigo cruel e inusual —espeto.

Me da otra mirada que parece decir «¿qué demonios?», y la ignoro fácilmente. Suelo recibir bastantes de ellas.

—Bueno, es inusual. Y cruel. Tengo hambre.

—Te voy a alimentar. Pero necesito hacerte algunas preguntas primero. —Pone la pizza frente a mí en la mesa de café y sostiene su bota en el borde entre el objeto de mi deseo y yo. Por supuesto, esto me da una vista completa de su entrepierna, mostrando otro objeto potencial de deseo.

«¡No! ¡Mal Foxfire!».

—Tu amiga ha estado hablando de nosotros. Estoy aquí para ver cuánto sabes.

—¿Nosotros? ¿Quiénes son *nosotros*? —A regañadientes, levanto los ojos hacia su rostro. Ahora que lo pienso, parece familiar. ¿Otro vecino de Amber? Toda la pandilla de Garrett parece vivir en el edificio de apartamentos que posee.

—Ni siquiera sé tu nombre.

—Es Tank.

Tank. No cuestiono el nombre extraño. Además, ¿no reciben todos los pandilleros apodos rudos cuando pasan por la iniciación? Le preguntaría, pero dudo que esté a la altura de responder preguntas sobre la vida de las pandillas. Y como parece un tanque voy a dejar que se salga con la suya.

Por ahora.

—Está bien, Sr. Tank...

—Solo Tank.

—Solo Tank —corrijo, y cierra los ojos con frustración. Excelente—. ¿Qué quieres saber?

Respira hondo.

—Hoy temprano te enfrentaste a Garrett afuera del apartamento de Amber. Lo acusaste de ser un hombre lobo.

—¿Sí? ¿Y qué?

—Necesito saber lo que ella te dijo sobre nosotros.

—No me dijo nada. Estábamos hablando de su mala cita.

—¿Qué dijo exactamente?

—No puedo decirte eso. Rompería el código de la amiga.

—Señorita Hines —gruñe.

—Llámame Foxfire.

—Señorita Hines. —Su voz se vuelve aún más profunda y gruñona—. No creo que entienda lo serio que es esto. Amber averiguó algunas cosas sobre nosotros y nuestro líder, Garrett. A él le juró confidencialidad. Debido a que habló, podría estar en problemas.

—Pensé que dijiste que estaba bien.

—No nos gusta que los forasteros hablen de nosotros. Su nivel de castigo depende de cuánto dijo.

Esa palabra otra vez. *Castigo*. Me encanta.

—Ustedes, los del tipo motociclista, son bastante intensos. —No los llamo «pandilla» porque tal vez sea ofensivo. O tal vez no lo sea porque definitivamente son una pandilla. Un grupo de tipos peligrosos enormes, cubiertos de tatuajes a juego, montando motocicletas, pegándose juntos y siguiendo alguna clase de código *bro*. Su líder es dueño de un montón de negocios, y todos trabajan para él. No he escuchado un tufillo a actividad criminal, pero no voy a preguntar.

—Solo dime lo que Amber te dijo.

El tintineo de las campanitas nos interrumpe.

—¿Es este tu teléfono? —Tank lo recoge antes de que yo asienta. Cierra el puño alrededor de él y aprieta. Cuando abre la mano, pedazos de teléfono móvil caen al suelo.

—Guau —respiro, mirando las piezas.

—Tiene que empezar a prestar atención, señorita Hines. Estoy aquí para averiguar lo que sabe, y ninguno de nosotros irá a ninguna parte hasta que yo esté satisfecho.

~.~

Tank

—¡Eso fue genial! —chilla ella—. Aplastaste mi teléfono con tus propias manos. —Se detiene y arruga la nariz—. Espera... ese era mi teléfono.

Solo puedo sacudir la cabeza.

—Sí, princesa. Hasta que no consiga lo que quiero, no vas a ir a ninguna parte ni hablar con nadie.

—¿Puedo comer pizza?

—Habla, primero. Luego la pizza.

—Amber no me dijo nada sobre ustedes.

—Llamaste a Garrett «hombre lobo».

—Sí, porque así es como se hace llamar.

—*Joder.* —Cruzo los brazos sobre el pecho—. Amber te dijo que éramos hombres lobo.

—Sí.

—¿Y le creíste?

—Um, sí. Están en una pandilla. Es el nombre. Puedes llamarte a ti mismo como quieras, en lo que a mí respecta. Los Aviones, los Tiburones, los Hombres Lobo... las Iguanas Trastornadas... lo que sea que pienses que te hace rudo.

Me paso los dedos por los ojos. Esta chica no tiene idea de lo cerca que está de recibir una nalgada en ese lindo trasero. Y mi miembro piensa que es una idea increíble.

—¿Entonces por eso viniste aquí? —se burla—. ¿Para preguntarme qué sabía sobre tu pandilla?

—Dime lo que sabes.

—Sé que montan en motocicletas. —Ella se frota los dedos—. Algunos viven al lado de Amber, mi mejor amiga. Tu líder trató de seducirla y fracasó miserablemente cuando la abandonó a mitad de su primera cita.

—¿Eso es todo?

—Algunos tienen tatuajes de luna en los nudillos —se burla—. Hombre lobo y luna llena. Muy original. También son dueños del club Eclipse. Se apegan a la temática. Te lo concedo. —Levanta las manos al aire—. Eso es todo lo que tengo. ¿Has hecho todo este recorrido para sonsacarme esto?

—No nos gusta que la gente indague en nuestro negocio privado.

—Bueno, no me gustan los imbéciles que salen con mis amigas. No me importa si Garrett, el hombre lobo, posee la mitad de las propiedades por aquí. No puede tratar a mi amiga de esa manera.

Levanto una ceja.

—¿O qué?

Ella corre hacia adelante y me mete un dedo en la cara.

—Lo mataré.

Saco una sonrisa. Sacude el dedo y me burlo de ella. Tira su mano hacia atrás con un grito. Finalmente. Un poco de miedo.

—Muy divertido —dice, y cruza los brazos sobre su pecho, haciendo coincidir mi propia pose.

—Garrett nunca lastimaría a Amber.

—Hay muchas maneras de lastimar —dice Foxfire—. Solo una de ellas es física.

Inclino la cabeza.

—Tienes razón. Puedo ver que no eres una amenaza para nuestra organización. No queremos causar problemas, pero como dijiste, Garrett posee muchas propiedades y no quiere que alguien difunda calumnias sobre él.

—Bueno, lamento que Garrett sea un blandito. No me di cuenta de que era tan sensible.

Insulta a mi alfa de nuevo. Si ella fuera mía, estaría sobre mis rodillas tan rápido... demonios, estaría mareado. Nunca he conocido en mi vida a alguien tan necesitado de una nalgada.

—Ten cuidado.

—Lo tengo. —Ella me mira.

Increíble.

—¿Mides medio metro y crees que puedes manejarme?

—¡Mido un metro y cincuenta y cinco centímetros!

—Sí —resoplo—. Por los tacones. —No sé por qué la estoy irritando. Mi trabajo también debería terminar ya. Garrett podría querer que llame a un chupasangre para que la limpie mentalmente, pero eso puede joder a una persona. No creo que se merezca eso. Incluso si tiene mal gusto en el tinte para el cabello.

—No puedo creerte, tú...

—Cuidado. —No puedo creer que tenga que advertirle a esta chica que no debe pelear conmigo. Mi lobo podría comérsela de un bocado. No es que lo vaya a hacer. Estoy más interesado en comerla de una manera diferente. Después de calentar su bonito trasero.

Su cara se pone roja.

—Siéntate, Foxfire —ordeno.

Ella cae al sofá. *Muy receptiva*. La actitud valiente es toda fanfarronería, ¿y quién puede culparla? Vive sola, su mejor amiga es una abogada adicta al trabajo. Es sábado por la noche, y la princesa de La La Land está sola.

—Obviamente, cometimos un error. —Es posible que Garrett no quiera dejarla ir tan fácilmente, pero no voy a permitir que un chupasangre la toque. Podemos encontrar otra manera de mantenerla callada. No es que sepa algo, pero a pesar de la boca inteligente, en realidad tiene un cerebro. Si Garrett sigue olfateando alrededor de Amber, podría ser solo cuestión de tiempo que Foxfire se dé cuenta de la verdad.

—Tengo que hacer una llamada. Come tu pizza. —Abro la caja de pizza y se la dejo a ella, luego me dirijo a un rincón privado para llamar a mi alfa. Suena la llamada un par de veces y va al correo de voz.

—Oye, jefe —bajo la voz—. Estoy en casa de la chica. Ella no sabe nada. Piensa que somos una especie de pandilla de motociclistas que nos llamamos los Hombres

Lobo. —Respiro hondo. Quiero decir que creo que deberíamos dejarla en paz, pero algo detiene mi lengua. Mi lobo. Quiere pasar más tiempo con ella.

—La vigilaré hasta que llames, a ver si puedo hacer que se abra más.

Reviso mis mensajes de texto, pero no hay nada de la manada. Podría probar con Trey y Jared, pero en este momento tendrían que estar en México, o cerca. Debería estar con ellos, buscando a nuestra compañera de manada perdida, en lugar de cuidar a la pequeña señorita *Looney Tunes*. Ahora que estoy en su casa, huelo marihuana, aunque nada del hedor está en ella. No está consumiendo drogas. Es así de loca sin necesidad de drogas.

Cuanto antes mi alfa me llame y me ordene alejarme de ella, mejor. Pero mi lobo no está de acuerdo, lo que lo hace aún más cierto.

Foxfire todavía está sentada en el sofá, mirándome con los ojos muy abiertos. La pizza yace intacta ante ella.

—¿Dónde está Amber? —pregunta.

—Está a salvo. No le va a pasar nada.

—¿Cómo sé que no me estás mintiendo?

—Compórtate y te dejaré hablar con ella. En este momento está ocupada.

Foxfire me mira.

—Está con Garrett —digo.

—¿Garrett? ¿Ese imbécil?

Gruño.

—No le insultes.

—Dejó a mi amiga en la ladera de una montaña.

—Tenía sus razones. —Estaba a punto de volverse loco en público a causa de la luna—. Amber está bien.

—Sí, porque fui a buscarla. Si él la seduce de nuevo y le rompe el corazón, adivina quién va a recoger los pedazos. Yo.

—Tu amiga está bien. Está totalmente a salvo. Pensamos que rompió algunas reglas, pero Garrett lo está manejando.

—¿Reglas? Vaya, son bastante quisquillosos para ser una banda.

—No tienes idea. —Realmente quiero darle una idea de quién manda entre ella y yo. Pero eso no es parte del trabajo. Qué pena. Los lobos disciplinan a sus compañeras. A mi lobo le gusta la idea de castigarla tanto como a mi miembro.

—Adelante, come. —Le hago un movimiento con la mano.

Ella me mira fijamente.

—¿Te vas a quedar aquí?

Asiento.

—¿Por cuánto tiempo?

«Hasta que sepa que no eres una amenaza para la manada».

—Todo el tiempo que quiera. —Está respirando con dificultad, sus pequeños hombros suben y bajan de ira. Sus pechos se agitan debajo de su camisa. La vista provoca cosas interesantes en mi polla—. ¿Te tiñes el cabello?

—No —se burla—. Sale de esta manera natural.

No puedo evitarlo. Me río. Es demasiado ridícula.

Me siento en el otro extremo del sofá.

Ella me mira como si estuviera sopesando las probabilidades entre cooperar y defenderse. Por lo que sé, en un minuto podría decidir que es una buena idea tratar de empujarme del sofá.

Estiro las piernas. Mido más de un metro noventa y tengo ciento quince kilos de músculo. Y además, la fuerza de un hombre lobo. En un combate de lucha libre, sé quién ganará. Casi espero que lo intente.

Ella toma una decisión y me da una sonrisa brillante.

—¿Quieres un poco de pizza? —dice.

La La Land.

~.~

FOXFIRE

TANK PARPADEA ANTE MÍ. Es bastante agradable para ser un ejecutor de pandillas. Demasiado grande y musculoso. Obviamente no está acostumbrado a que alguien ose contestarle.

Le espera una gran sorpresa.

—Pedí la pizza suprema. —Alcanzo un pedazo—. Me imagino que necesito comer sano, debería ingerir verduras, pero luego anhelo la carne. Así que elijo la suprema y me digo a mí misma que descartaré cualquier cosa que no sea saludable. Odio las aceitunas, y simplemente las quito. Puedes comer la mitad.

—Estoy bien —contesta él lentamente.

—No la envenené —digo antes de dar un gran mordisco. Mastico, trago y sonrío—. No me has dado suficiente tiempo para hacerlo.

Se queda rígido mientras busca un trozo de pizza. Sonrío más ampliamente, mostrando todos mis dientes.

He decidido cooperar. A mi manera, como la fantástica Foxfire. Voy a actuar como si fuera tonta y despistada hasta que se dé cuenta de su error. Pero no voy a dejar que se vaya tan fácilmente. Lo voy a hacer pagar. Se va a arrepentir del día que se metió conmigo. Lo voy a volver loco.

Mientras tanto, sigo con la pizza.

Devoro tres pedazos antes de reducir la velocidad.

Dios, tenía hambre. He observado a Tank todo el tiempo. Parece familiar...

—Sé dónde te vi. Eres el portero del Eclipse.

—Y tú eres la chica que no puede aguantar demasiado alcohol.

—Estoy en medio de una mala ruptura. Se me permite excederme. —Le hago un gesto con mi pizza—. Será mejor que comas algo pronto, si quieres que quede algo.

Con un movimiento de cabeza, él alcanza de nuevo su primer pedazo. Lo engulle, va a por un segundo, lo dobla para hacer un sándwich de pizza y se la come de esa manera. En cuestión de minutos, ha diezmado la mitad.

—Amigo, ¿quieres que pida otra?

Sacude la cabeza.

Lo estudio más a fondo. Botas de moto, vaqueros estirados sobre su impresionante físico de Hércules. Lleva el olor a aceite de motor y algo más: un aroma como la especia de canela, nada desagradable. Tengo un sentido del olfato bastante bueno. En el pasado, he decidido no salir con chicos, ni aceptar clientes, porque no olían bien. Solo otra cosa extraña sobre mí. Tan grande como es, y por mucho que haya tratado de intimidarme, Tank parece bastante reservado. Sus movimientos son cuidadosos, controlados. No puedo imaginarlo lastimando a una mujer. Tal vez por eso me sentí tan cómoda rebelándome desde el principio.

—¿Qué? —pregunta. Y me doy cuenta de que he estado mirándolo durante más de un minuto.

—Nada —resoplo con inocencia.

—Entonces, ¿cómo te convertiste en un Hombre Lobo?

Casi se ahoga.

—¿Qué?

—Supongo que no naciste montando una motocicleta.

19

¿Cuándo te uniste a la pandilla?

Se aclara la garganta:

—No es una pandilla. Es un club.

—Oh —inclino la cabeza hacia un lado—. Un club. ¿Como el de Mickey Mouse?

—No.

—¿Hay alguna chica?

—No. —Se frota la frente.

—Entonces, ¿pueden las mujeres convertirse en Hombres Lobo? Siempre he querido aprender a conducir una motocicleta.

—No nos llamamos así. Al menos, no en público.

—Correcto. Solo tienen tatuajes de luna y lobos pintados en tus motocicletas.

Me mira fijamente y levanto las manos en defensa.

—¿Qué? Te comprometes con una temática, como dije. Admiro eso. Si no querías que tu nombre fuera obvio, no deberías pasar el tiempo en el club Eclipse. —La expresión de Tank es cautelosa, pero puedo ver que estoy llegando a él. Bien—. ¿Garrett lidera algún tipo de baile de monstruos cada luna llena? Porque debería. De hecho, esa podría ser tu iniciación. Un baile al ritmo de *Thriller*.

Sacude la cabeza.

—¿No? Entonces, ¿cómo se une la gente? —prosigo.

—No puedes unirte. Tienes que estar patrocinado.

—¿Y quién te patrocinó a ti?

—Mi padre.

—¿Está en el club?

—Sí. —Mira hacia otro lado, como si no tuviera la intención de darme ese pequeño dato.

—Oh, qué agradable. Un asunto de familia. —Sonrío dulcemente y su mandíbula se aprieta. Prácticamente está rechinando los dientes.

Excelente.

—Entonces, si consigo una motocicleta, ¿serías mi patrocinador?

—No.

—¿No? Tengo mucho que ofrecer a un club. Puedo hacer cócteles margarita. Y madalenas con sabor a margarita.

—No.

—Puedo arreglar el sitio web del club. Lo he visto, y es terrible.

—¿Nos has estado mirando?

Vaya. Está todo tenso de nuevo, así que me encojo de hombros.

—Tu pequeño líder está saliendo con mi mejor amiga. Hice algunas investigaciones. —Él mira y yo levanto las manos—. Relájate. Todo lo que encontré fue legítimo. Excepto el sitio web. Una gama de colores como esos debería estar prohibida. Oye, si me dejas, lo arreglaré por ti con un descuento para amigos y familiares.

—¿Haces sitios web?

—Sí. Es parte de mi negocio. *Marketing online* y *branding*. Aquí, te lo mostraré. —Me levanto de un salto. Él también se levanta y me agarra la mano—. Solo voy a buscar mi portátil.

—No tomes demasiado tiempo —ordena.

—No voy a escapar por la ventana. —No todavía. No si puedo perseguirlo de alguna otra manera—. ¿Cuánto tiempo dijiste que te quedabas?

—Todo el tiempo que sea necesario.

—Si quieres algo para beber, sírvete tú mismo. Tengo agua y agua.

Agarro mi ordenador. Antes de regresar, me meto en el baño y me cepillo los dientes. Me peino y me aplico un poco de brillo labial. No es que vaya a coquetear ni nada. Pero por si acaso. Les doy a «las chicas» un impulso, ya sabes, para que se acomoden, no para mostrárselas a un excitante motociclista.

Cuando vuelvo, él ha devorado la pizza. Y tiene un vaso de agua esperándome junto al suyo, ambos en posavasos.

—Un hombre lobo educado —murmuro.

—¿Disculpa? —Levanta la vista. Tiene una audición aguda. Es bueno saberlo.

—Pones los vasos en posavasos. —Le sonrío—. ¿Fue tu última novia una estirada? ¿Te llevó a la escuela de obediencia?

Me río de mi propia broma mientras Tank mira con anhelo la puerta. Pobre tipo, se quedó conmigo. No fui a la universidad, pero he dominado el arte de molestar a la gente.

—Aquí. —Abro mi portátil y le muestro mi cartera de clientes.

—¿Hiciste todo esto tú misma?

—Una vez que aprendes el diseño básico, no es difícil. —Saco mis proyectos más recientes y señalo el antes y el después.

—Es bueno. Realmente, lo haces muy bien. Es un gran trabajo.

—Bien, gracias.

Me siento. Maldita sea, necesito apegarme al plan. Pero impresionarlo es placentero.

Sigo hablando de mi trabajo. Se inclina cerca. Muy cerca. El calor de su cuerpo se filtra en mí. Su nariz está prácticamente en mi cabello, como si estuviera...

—Amigo, ¿me acabas de oler? —Me alejo de él en el sofá.

—Lo siento —murmura—. Hueles...

—Llevo desodorante.

—Lo sé. No quiero decir que huelas mal. Es solo que...

—Se aleja con el ceño fruncido.

—Solo… ¿qué? —Levanto el brazo y olfateo, solo para estar segura. No me puse ningún perfume en el baño porque no quería ser obvia.

—Nada.

—Bueno, ¿y qué hay de ti? Hueles a aceite de motor.

Parpadea.

—¿Puedes olerlo?

—Sí. Siempre he tenido un agudo sentido del olfato. ¿Trabajas en coches o algo así?

—Sí. Yo dirijo la tienda.

—¿La tienda? ¿Para la pandilla?

—El club.

Busco el sitio web del club y hago clic en la tienda.

—¿Haces buenos negocios? —pregunto.

Se encoge de hombros.

Navego por el sitio, ignorándolo durante unos minutos. Este tipo me pone nerviosa de una manera que ningún otro lo ha hecho antes.

—Sabes, no voy a hablar a nadie sobre ustedes. Puedes irte ahora.

—No hasta que me llame Garrett.

—¿Haces todo lo que dice?

—Es un buen líder. —Tank estira las piernas—. ¿Tienes un televisor?

—No. La televisión pudre el cerebro.

—¿Y la marihuana no?

—¿Qué? —Arrugo la nariz—. Ya no la consumo.

—Entonces, ¿qué son esas luces de cultivo en la otra habitación?

—Son para mis tomates.

Simplemente me mira fijo.

—Bien —suspiro—. Podemos ver Netflix en mi portátil.

CAPÍTULO TRES

Foxfire

Lo siguiente que sé es que Tank está centrado en mi portátil.

—Hora de acostarse.

—¡Ja! —grito—. Son solo... —miro el reloj—. Es casi medianoche.

—Vamos —dice señalando el dormitorio.

Bostezo. Estoy bastante cansada.

—Está bien, *machote*.

Sacude la cabeza pero no me corrige. De hecho, creo que veo contraerse la comisura de sus labios.

—Espera, ¿vas a pasar la noche aquí?

—Aquí mismo, princesa. —Ya encontró una manta y una almohada para el sofá y trajo su bolso negro de su camioneta. Debe de haberlo agarrado cuando estaba en el baño.

Me detengo un momento.

—No estás en peligro por mi parte —dice en voz baja.

Por alguna razón, le creo. No estoy segura de por qué, pero lo hago.

Aún así, toda la situación es estúpida. Arresto domiciliario por un malentendido.

Mientras me cepillo los dientes en el baño, considero mis opciones de escape. Tal vez podría robarle el teléfono y comunicarme con Amber. No es la presencia de Tank lo que me preocupa tanto como saber que Amber está atrapada en alguna extraña actividad de pandillas. Lo que me inquieta es que el plan emocionante de mi amiga abogada sea ir a una cita en pantalones de yoga después de su clase semanal de *hatha*. Su conexión con un vecino motorista, salvaje y lleno de tatuajes, está en lo alto de mi lista de «Esto nunca va a ocurrir».

Pero estoy repensando esa lista. Unas horas con Tank, y nunca más subestimaré el poder que los grandes moteros tienen sobre los ovarios de una dama. Estoy a dos pasos de lanzarme sobre Tank.

Me arreglo el cabello de color arco iris, aprieto los codos para empujar mis tetas hacia arriba y hago pucheros en el espejo diciendo:

—¿Cómo te gusta, hombre grande?

—¿Estás bien ahí? —Tank pregunta.

«Mierda. Debe de estar justo afuera de la puerta, asegurándose de que no salga por la ventana o algo así».

—¡Solo dame un minuto!

Me humedezco los labios y frunzo el ceño. Hay otra forma de controlar a un chico. No me avergüenzo, lo he hecho antes, para salir de las multas por exceso de velocidad y cosas por el estilo. Un poco de coqueteo no lastima a nadie. Y jugar a la molesta hermanita no funciona.

Tengo que seducirlo.

—Foxfire. —Tank golpea unos minutos más tarde—. Date prisa...

Abro la puerta antes de que termine su frase.

—Oh, todavía estás aquí.

Parpadea ante mí. En los últimos minutos, la loca Foxfire se ha convertido en una seductora mujer. Me cepillé y me peiné, me puse bálsamo labial y me rocié con un poco de perfume. Nada importante.

Excepto que ahora estoy desnuda debajo de mi albornoz.

Espero hasta que esté en el dormitorio antes de aflojar el cinturón y dejar que se quede abierto.

—Es una lástima que tengas que quedarte aquí toda la noche —ronroneo mientras revisa las ventanas—. Mi casa es vieja, alguien pintó las jambas y las selló hace treinta años. No escaparé de esa manera.

Si mi plan de seducción funciona, no lo necesitaré.

Tank gira, me mira y se detiene. Le sonrío.

—No —gruñe. ¿Su rostro muestra alguna señal de alarma?

Supongo que el sexo es realmente la mejor arma. Al menos, cuando se trata de un gigantesco ejecutor de clubes de motociclistas.

—¿Qué? —pregunto mientras bato mis pestañas.

Pasa por delante de mí y va a mi tocador. Abre un cajón y rebusca.

—¿Qué estás haciendo? —grito volando hacia él.

—Aquí tienes. —Me lanza una camiseta—. Ponte esto.

—¿Por qué?

—Porque lo digo yo. Y, en este momento, lo que digo se cumple.

Hago pucheros.

—Pero yo duermo desnuda.

—No esta noche.

Mi labio inferior se hincha mientras tomo la camiseta. Espero hasta que se encuentre con mi mirada. Me encojo de hombros y la bata de baño cae al suelo, dejándome en nada más que mis bragas boxer.

Su nuez de Adán sube y baja, y noto que su polla está hinchada contra sus jeans. He dado en el blanco totalmente.

Me encojo de hombros con la camiseta manteniendo mis hombros hacia atrás. No suelo usar esta franela sin mangas, es más ajustada de lo que normalmente me gusta. Pero esta noche es la elección perfecta. El color lavanda va estupendo con mi piel, y mis chicas se exhiben gloriosamente.

—¿Es esto lo que querías?

El gruñido vuelve a sonar en lo profundo de su pecho.

—Ve a la cama. —El rostro de Tank está en blanco, pero la tensión en su entrepierna no ha disminuido.

—¿Me arroparás? —Presiono hacia adelante, el estómago revoloteando de emoción.

—No quieres hacer esto.

—¿Hacer qué, papi? —Estoy tan cerca que si me inclino hacia adelante mis tetas le rozarán el pecho. Su pecho duro como una roca. No me importa si lo hago.

Tan pronto como mis pezones tensos lo tocan, la electricidad se dispara por todos mis poros de zorra. El hormigueo se extiende por todas mis partes femeninas, hasta mi núcleo.

—No, nena. —Tank agarra mis brazos y me hace retroceder un paso con una mirada tensa en su rostro—. Esto no es lo que quieres.

—Soy una adulta —le recuerdo—. Sé lo que quiero. Esta noche, quiero ser traviesa.

—No podemos —dice con los dientes apretados.

Su seriedad corta mi neblina de excitación.

—¿No te gusto?

—No es eso. —Sus grandes dedos se cierran alrededor

de un mechón de mi cabello, un rizo azul brillante. Aprieta, con el puño temblando, como un adicto que anhela una solución. Luego lo suelta—. No quieres hacer esto.

—¿Por qué no?

—Soy rudo. —Su mano me rodea la garganta. No aprieta, solo apoya sus dedos allí, como para demostrar lo peligroso que es.

No me echo para atrás. En lo más mínimo.

—¿Sí? —pregunto.

—Sí. Cuando follo, follo duro. —Me tira hacia adelante y me sostiene contra su cuerpo cincelado. Lo siento. Siento cada centímetro.

Mi pulso se acelera.

—No te gustaría, nena. Porque siempre va a ser a mi manera. —Sumerge la cabeza y sus labios tocan mi oído —. Yo digo que te abras, y tú te abres. Yo digo montar, y tú montas. —Su susurro hace que un hormigueo recorra mi cuerpo—. Yo digo ven, y tú vienes. Y no se acaba hasta que lo digo yo. Incluso si me ruegas que me detenga.

Los fuegos artificiales explotan en mi cerebro. Mi sexo se aprieta como si fuera a tener un orgasmo.

Benny era malo en la cama. Realmente muy malo. Tanto es así, que tendía a animarlo a hacer lo suyo, mientras yo hacía lo mío. Estoy esencialmente en una racha seca de dos años.

Mi plan de seducción acaba de fracasar. A lo grande.

—Entonces, ¿qué dices? —él murmura, metiendo un mechón de cabello detrás de mi oreja—. ¿Vas a ser mi buena chica?

El *sí* está en la punta de mi lengua. Mis bragas están empapadas.

«¡No, Foxfire! ¡Mala, chica mala!». Se supone que debo seducirlo, no fundirme en un charco a sus pies.

Sus labios caen a mi oído.

—Esta noche quieres ser una buena chica, nena. ¿Sabes por qué?

—¿Por qué?

—Porque si eres mala... recibirás un castigo.

~.~

Tank

SE SUPONÍA que era un trabajo fácil. Entrar, manejar a la chica, salir. Proteger a la manada.

Estoy apoyado contra la pared, fuera de la habitación de Foxfire, con la polla del tamaño de un bate de béisbol. Estoy a punto de perder el control. Mi lobo aúlla por su presa.

«Foxfire. Joder».

Toda la noche me debatí entre querer dominarla y reír. Nunca he conocido a una mujer tan molesta. Y linda. Y descarada. E inteligente. Quiero castigarla, golpear ese tentador trasero y separar sus muslos. Averiguar cómo suena gritando *papi* cuando mi lengua esté trabajando en su clítoris. Ir más allá de todos sus juegos y burlas para descubrir qué la entusiasma. Ser quien la entusiasma.

No. No hay que meterse con las humanas, ni siquiera con las lindas que fascinan a mi lobo.

Casi puedo escuchar a mi papá. Me dio consejos toda mi vida para tener cuidado con la trampa del coño: «Hijo, nunca dejes entrar a una mujer. Dale la mano y ella te tomará el brazo».

Quiero darle a Foxfire mucho más. No quiero solo follarla. Quiero poseerla.

—Vamos, vamos —murmuro, golpeando los botones de mi teléfono móvil. Garrett. Jared. Trey. Ninguno de ellos está respondiendo llamadas o mensajes de texto. Llamé a Sam en Eclipse, pero los lobos que trabajan en el club de Garrett esta noche no tienen autoridad en la manada, y no saben nada. No les digo lo que está pasando: Garrett no quiere que se corra la voz sobre su hermana desaparecida, Sedona. Soy su segundo. Le cuido las espaldas. Ojalá me llamara.

Ojalá pudiera follar a Foxfire la próxima semana y luego recibir la llamada de mi alfa.

«La manada siempre es lo primero», me dijo mi padre. Un compañero puede engañarte, una mujer te dejará, pero la manada nunca te defraudará. Todo lo que tenemos, se lo debemos a nuestros compañeros lobos.

—Lo estoy intentando —murmuro. Por un segundo, pienso en llamar a mi padre, pero no. Está en otra manada, y sé lo que me dirá. No estoy de humor para otro de sus sermones.

Este es mi problema, y lo voy a enfrentar como un hombre adulto. Voy a esperar hasta que Foxfire esté dormida, luego eyacularé un par de veces. Espero que eso alivie la tensión hasta la mañana, cuando la vuelva a ver. Ni siquiera me importa el cabello extraño. Hace que me pregunte: ¿de qué color será allá abajo?

Cada cosa a su momento.

Guardo mi teléfono, con cuidado, ya no hay mucho espacio extra en mis vaqueros, y empiezo a andar de puntillas cuando escucho algo extraño en el cuarto de Foxfire.

«¿Qué diablos?». Abro la puerta.

Foxfire me dispara una mirada culpable desde la

ventana. Tiene una lima de uñas de metal y está tratando de abrir la ventana sellada con pintura.

—¿Qué estás haciendo?

—¿Tratando de tomar un poco de aire fresco? —dice escondiendo la herramienta detrás de su espalda.

Quiero reírme porque es la puta prisionera más linda que he visto, pero en cambio mantengo la cara en blanco. No puedo hacerle saber que sus travesuras están funcionando.

Y créeme, sé que ella me está tentando.

—Buen intento, princesa. —Aprieto una mano en la parte posterior de su cuello, ignorando la forma en que su pulso salta debajo de mi palma.

Un aroma llena el aire, y me llega un golpe de su esencia mientras la guío a la cama. Es su sexo, caliente y húmedo.

—Entra, niña. —Tiro las mantas hacia abajo.

—¿Me lees un cuento? —se burla con cara de niña esperanzada.

—No soy tu padre.

Se cuelga un dedo de la boca, como la coqueta perfecta.

—Lo sé, hombre grande. —Su trasero apunta en mi dirección mientras sube, y no puedo evitarlo. Le azoto el descarado culo.

Ella chirría y dice:

—Eso ni siquiera duele. —No con sus braguitas. Agarro sus caderas y le doy un beso en la carne azotada.

Se queda quieta, con la respiración entrecortada.

Joder. ¿Qué estoy haciendo? Definitivamente no tengo ninguna intención de involucrarme con esta humana loca, sin importar lo linda que sea.

Le doy una palmada en el trasero de nuevo. Es adictivo, lo bien que se siente su tierna carne bajo mi mano.

—Métete en esa cama antes de que te quite esas bragas y te dé una nalgada como corresponde —gruño.

No estoy seguro de si quise decir que eso era una amenaza o una tentación, pero ella claramente no tiene miedo.

De alguna manera recupero mi autocontrol y doy un paso atrás, por lo que queda fuera de mi alcance.

—Entra y quédate a un lado de la cama.

Ella obedece. No puedo decir si estoy aliviado o decepcionado.

—¿Qué estás haciendo? —me pregunta.

Agarro una almohada, ella tiene alrededor de un millón, todas de diferentes formas y tamaños. Algunas se caen al suelo mientras la cama se hunde bajo mi peso. Quedamos apretados, pero haremos que funcione.

—Me voy a dormir —digo.

—¿Conmigo?

«¡Demonios, sí, contigo!», mi lobo afirma.

«Cálmate, chico».

Intento ser severo:

—Si tienes suerte, todo lo que haré es dormir. —Me acuesto, mi gran cuerpo la enjaula contra la pared—. Si sigues con los juegos, te castigaré de verdad. Entonces después dormiremos. —Juro que huelo el perfume su excitación, lo que hace que mi polla se active.

—Lo que tú digas, hombre grande —dice dulcemente, y estoy bastante seguro de que ella ha ganado esta ronda, porque soy un idiota, con la polla dura y tan gruesa que podría levantar un coche, y todo lo que ella tiene es la huella de mi mano en su culo.

—Buena chica —murmullo. «Así es, cariño. No eres la única que puede jugar este juego».

He comenzado a relajarme cuando una voz suave pregunta:

—¿Qué quieres decir exactamente con castigarme?

—Sigue insistiendo y lo descubrirás. —Me cubro la cara con el brazo, pero no sirve de nada; estoy a punto de reventar. Debería haberme acomodado en el suelo.

Una respiración profunda es mi única advertencia antes de que Foxfire haga su próximo movimiento.

Mi polla de repente está feliz, muy feliz, de tener a horcajadas su pequeño y ágil cuerpo. Sus manos descansan sobre mis pectorales, ella se inclina hacia adelante y su aliento calienta mi rostro.

En un movimiento, ruedo y la inmovilizo. Su aliento se estremece y el aroma de su excitación *definitivamente* llena el aire.

—¿Tank?

—No quieres esto, nena. —La destrozaría. Sus caderas se sacuden y empujan mi erección entre sus piernas.

Oh, joder, creo que está mojada. Incluso a través de mis vaqueros puedo sentir que sus bragas están calientes y húmedas. Ella envuelve sus delgadas piernas alrededor de mi cintura, invitándome a casa.

Empujo su apretada camiseta sin mangas hacia arriba y gimo al ver sus senos. Ni demasiado grandes, ni demasiado pequeños. Encajan en mi puño perfectamente.

—Oh, nena, esos pezones estan destinados a ser lamidos, ¿no?

Ella se arquea ofreciéndomelos. Me inclino y asalto uno con la lengua, luego lo rasguño con los dientes.

Cuando vuelvo a mirar su rostro, sus ojos grises están abiertos de par en par. Toda pretensión se ha ido. Ella no está haciéndose la loca o la niñita, está jadeando y mirándome, aparentemente paralizada.

Vuelvo a empujar mis caderas en su sexo, deseando como el infierno que mi polla no solo tenga un juego previo con esta pequeña belleza.

Ella jadea.

—Oh, me estás lastimando.

Al instante, la suelto y me alejo.

Joder.

—No, está bien —dice—. Es solo que mi cabello estaba atrapado bajo el peso de tu mano.

Definitivamente la lastimaría si siguiera adelante. Mejor parar ahora, antes de ir tan lejos que ya no fuese posible salirme. Me froto la cara, alejándome de ella para que no vea lo cerca que estoy de arrancarle la escasa ropa y terminar lo que empezó.

—Quédate aquí. Duérmete —le digo.

~.~

Foxfire

Estoy cachonda y molesta. Podría tocarme con los dedos, pero Tank está tan cerca que podría escucharme. Tiene muy buena audición. Y un buen sentido del olfato. Y prácticamente puede ver en la oscuridad.

Lástima que no me vaya a follar. Debe de tener algún tipo de código de honor, porque sé que me desea. Nunca pensé que los hombres con motocicletas fueran mojigatos, pero ahí va.

Ahora desearía no haberle dicho que me estaba lastimando. Quería que él sacara su mano de mi cabello, no que saltara de mí como si le estuviera quemando.

Esperaré unos minutos y luego saldré del dormitorio, dirigiéndome a la cocina. Si no puedo seducirlo, escaparé de otra manera.

—¿Foxfire? ¿Qué estás haciendo?

—Solo voy a tomar un trago de agua.

—Si no vuelves a la cama en dos minutos...

—Lo sé, lo sé, castigo —repito alegremente y abro el grifo, pero no antes de escuchar un crujido. Él está viniendo a la cocina. Es ahora o nunca.

Me escondo en el pequeño espacio de la cocina y me agacho junto a la puerta. Por una vez, me alegro de que Benny no pudiera reemplazarla, pues tiene una apertura para que entren los perros, inútil porque nunca he tenido una mascota. Inútil, hasta ahora.

—¿Qué carajo...? —Tank gruñe, justo cuando me revuelvo a través de la trampilla.

—¡Detente! —grita—. Él trata de perseguirme, golpeando la puerta, pero el piso está deformado y la puerta solo se abre a medias. Otro proyecto que Benny nunca terminó, el cretino perezoso. La puerta se abre lo suficiente como para que yo pueda deslizarme, pero un tipo con la constitución de Tank no tendrá tanta suerte.

Entonces Tank la golpea de nuevo, con tal fuerza que la puerta se estremece pero no se rompe. Vaya tipo rudo.

Me levanto y corro, contenta de haber pensado en ponerme zapatillas. Subo corriendo la pequeña colina detrás de mi casa y bajo al arroyo seco.

Elegí esta casa porque era linda, justo cerca del centro, pero con un patio trasero que da hacia un arroyo seco, lo que significa que tengo acceso de primera a la vida silvestre y al desierto. El espacio abierto y cercano me relaja. Cuando está agradable, hago ejercicio en el patio, mirando por encima de los bancos de arena, enredados con mezquite y creosota. Me imagino corriendo por ahí, caminando todo el día para averiguar dónde terminan, perdiéndome y encontrándome de nuevo en la naturaleza.

Nunca pensé que necesitaría un lugar para correr y esconderme.

Me camuflo en la naturaleza salvaje, mis zapatillas escarban en las rocas.

—¡Vuelve aquí! —ruge Tank.

Será mejor que se quede callado si no quiere que los vecinos se despierten. Iría una casa cercana y golpearía la puerta, pero es la mitad de la noche. No se sabe cuánto tiempo tardarán en responder. Sin mencionar que podrían estar tan molestos conmigo como con Tank. Tengo un poco de reputación de bicho raro como vecina.

Mi mejor oportunidad es perder a Tank en la naturaleza y esconderme. Corro hacia un cactus y me agacho.

Tank corre rápido para ser un hombre tan grande. Y es silencioso.

Encorvada, vuelvo a correr. La luna ilumina mi camino, aunque siempre he tenido una visión nocturna bastante buena. Pero Tank también la tiene.

Después de mi cuarta carrera, me escondo detrás de una roca y espero. Escucho, pero no hay sonido.

Se me eriza la piel. Hay algo por ahí, respirando pesadamente. Instintos más antiguos que el tiempo me dicen que no es humano.

Algo anda ahí, y me está cazando.

Me asomo alrededor de la roca y me encuentro con unos ojos brillantes. Mi acosador es una especie de perro negro gigante. ¿Una mascota sin correa? ¿O algo más siniestro?

El nombre de Tank está en mis labios. El hombre del que estoy tratando de escapar es el que puede salvarme. Irónico, pero ahí está.

Me levanto y corro con fuerza.

Detrás de mí, la bestia se pone en movimiento. Estoy corriendo tan rápido como puedo, y me está ganando.

—¡Ayuda! —grito—. ¡Ayuda, Tank, ayuda!

Un gruñido resuena detrás de mí. Está cerca. Voy a morir en la maleza, destrozada por un animal salvaje.

Y luego...

Todo cambia.

La oscuridad se agudiza, pero de repente veo todo. Los aromas estallan en mi nariz: el olor a lluvia fresca de la creosota, la floración distante de los cítricos. Algo en el arbusto se contrae: un cuerpo plumoso, escondiéndose y rezando para que los depredadores pasen. Huelo su miedo.

La luna brilla y me ilumina. Mi cabeza retrocede. Mi columna vertebral cruje. Mi cuerpo se encoge... mis manos humanas de cinco dígitos se transforman en patas peludas. Aterrizo en cuatro patas con firmeza, me duele el cuerpo, me tiembla la nariz con mil olores nuevos. Estoy enredada en capas de tela. Araño mis ropas viejas y me deshago de ellas. Mis patas escarban la tierra arenosa mientras me libero. Me sacudo con fuerza y el hormigueo de mi piel se desvanece. Mi pelaje se pone de punta. Mi cola se expande como la de un gato cabreado. Mi cuerpo largo se siente elegante, fuerte.

¿Piel? ¿Cola? Espera un momento.

Apunto mi nariz a la luna. Mis cuatro patas se mantienen sólidas en el suelo.

¿Patas? Ahora realmente estoy empezando a asustarme.

Hay algo que estoy olvidando. Algo que se supone que debo estar haciendo.

Un gruñido ondula sobre la hierba a mi izquierda. Una forma oscura se agacha allí, los ojos brillan.

¿Qué estaba haciendo...? «Corriendo para salvar mi vida».

Con un ladrido agudo, salto hacia adelante y corro en carrera a través de la maleza. Hay un charco por delante.

Si ruedo en él, podría difuminar mi aroma. El lobo detrás de mí no podrá rastrearme tan fácilmente.

¿Lobo? ¿Cómo sé eso?

Unos dientes se acercan a mis talones. Mi cuerpo se vuelve más rápido: la velocidad de las presas. Me adelanto. Mis cuatro patas golpean el suelo sin problemas.

¿Patas? ¿Cuatro? ¿Qué?

Tan pronto como lo pienso, pierdo el ritmo.

Una pata falla y caigo de lado, con los pies agitados en el aire en una lucha desesperada por volver a levantarme.

Una sombra cae sobre mí, un gruñido me paraliza.

El lobo se cierne sobre mí, baja la cabeza y olfatea a lo largo de mi vientre blanco. Mis patas tiemblan en el aire.

La bestia… se transforma. La luz de la luna brilla a medida que el pelaje negro retrocede, revelando la piel tatuada y los músculos abultados. Tank se encuentra sobre mí en forma humana.

—¿Foxfire? —Su voz es cada vez más áspera, como la de un lobo. Mi corazón va a explotar.

—Vuelve a cambiar —ordena Tank.

Un repentino impulso apremiante se apodera de mí, como un estornudo. Sucumbo a él, y mi cuerpo toma forma humana. Grito, convulsionada por la sorpresa.

—Foxfire, está bien. Estás bien. —Tank se arrodilla a mi lado, sosteniendo mis hombros, estabilizando mi cuerpo agotado. Mis extremidades están entumecidas como si hubieran estado dormidas, pero aparte de eso, no duelen. No como mi cabeza, que está girando. Y, oh, estoy desnuda.

—¡Oh! —balbuceo—. ¿Qué demonios acaba de pasar?

~.~

Tank

. . .

Es UNA ZORRA. Una zorra real, con cola de mechón blanco y pelaje de color óxido. Nariz estrecha y orejas alegres. Es lo suficientemente similar al olor a lobo que capté en ella, pero no sabía lo que era hasta que se transformó. Una verdadera zorra cambiante. Nunca antes había visto una. No sabía que existían hasta que ella se transformó ante mis ojos y se escapó, hermosa y bella a la luz de la luna.

Esto complica las cosas.

La recojo y la llevo de vuelta a la casa. Ella gime en mis brazos; su cuerpo tiembla y las lágrimas brillan en sus pestañas. Está tan asustada como si estuviera en el infierno. ¿De mí? ¿O del cambio? De alguna manera tengo la sensación de que esta fue su primera vez.

—Respira, nena, respira —murmuro.

Los dos estamos desnudos, pero ella no está temblando por eso.

—Estoy perdiendo la cabeza. La luz de la luna, me llamó. Y yo... —Levanta las manos y las mira con horror—. ¡Tenía patas! —Ella vuelve los ojos abiertos hacia mí—. ¡Y tú eras un lobo!

Sí. Esta ha sido su primera vez.

—Está bien, nena. Va a estar bien. —Abrí la puerta a patadas. La rompí a medias antes de decidir transformarme en lobo y salir por la abertura de mascotas. Mi ropa está en una pila, pero no me detengo.

—Por favor, dime que este fue un mal «viaje» —se queja—. Tomamos hongos o ácido o algo así, y es solo un sueño, es solo un sueño.

—Shhh. —Me dirijo al sofá, la tumbo y coloco una manta a su alrededor—. Quédate tranquila. —Pongo un tono de alfa en mi voz. Parece que eso funcionó antes, haciendo que ella retrocediera. Gracias a la luna por eso.

De lo contrario, podría estar atrapada en forma de zorra durante mucho tiempo, tratando de resolverlo.

Algunos cambiantes cambian naturalmente. Otros necesitan la supervisión de un alfa. La mayoría de nosotros tenemos el beneficio de la manada y un montón de cambiantes experimentados para guiarnos a través del proceso. Al menos los lobos lo hacen. Somos animales de camada.

Pero los zorros... no estoy tan seguro. Hasta donde yo sé, la pequeña dama asustada en el sofá es la única. Por supuesto, los cambiantes pequeños y débiles a menudo no se dejan conocer. Si las manadas de lobos son secretas, las guaridas de zorros, si es que existen, probablemente se esconden como si sus vidas dependieran de ello.

Tomo una bebida energética y una bolsa de cecina.

—Ten. Bebe esto. —Sostengo la botella para ella. Está temblando, pero alcanza la botella por su cuenta—. Gastaste mucha energía huyendo de mí y cambiando dos veces. Siempre necesitas comer y beber lo suficiente después, o podría ser peligroso.

—Yo nunca había hecho eso antes.

—Lo sé, nena. —Me pongo un par de pantalones cortos de entrenamiento, me alegro de haber traído un par de cambios de ropa. Por supuesto, esperaba terminar con este trabajo en unas pocas horas, y luego estar de camino a México.

La belleza pálida y de cabello arco iris tiembla en el sofá, y mi lobo será condenado si la deja ahora.

Las cosas se han complicado mucho más.

CAPÍTULO CUATRO

Foxfire

«*JODER. Joder. Joder.* Esto es un sueño. Un sueño realmente malo, como la vez que Sunny dejó sus hongos fuera y me los comí y pensé que las paredes se estaban derritiendo».

La claridad de la luz de la luna y los aromas que me rodeaban eran hermosos, pero la resaca esta es mucho peor que un mal viaje.

—Toma. —Tank se sienta a mi lado, sosteniendo una barra de energía.

—¿No queda más cecina? —pregunto con esperanza.

—¿Carnívora?

—Traté de ser vegetariana muchas veces. Pero tenía antojos en los que casi comía carne cruda.

—Ella no te dejaría.

—¿Quién?

—Tu zorra. Es bonita, por cierto.

—Mi...

—Tu zorra. Eso es lo que salió a jugar hace un momento. Es preciosa.

Lo miro fijamente, recordando la armonía en mis extremidades, cuando no lo pensaba, la libertad, todo el nuevo mundo de aromas, precioso y profano.

—¿Qué soy?

—¿Realmente no lo sabes?

—Hum, no. Primero estoy sobre mis dos piernas y luego soy... —El aliento se me atasca en la garganta—. Yo soy...

—Está bien, está bien, relájate. —Me frota la espalda —. Solo respira. Estarás bien. Eres una cambiante, como yo. La mayoría de nosotros tenemos el beneficio de crecer en una casa rodeada de cambiantes. Mi papá me entrenó a través de mi primer cambio. Llegué temprano. Algunos niños no cambian hasta la adolescencia, y luego se despiertan en la cama todos peludos. Suele ocurrir en la adolescencia o antes.

—Nunca me había pasado a mí.

—Sí, bueno, si tuviera que adivinar, diría que tu zorra es tímida. Y está sola, sin familia ni protección.

Me inclino hacia él. Mi corazón no está latiendo tan fuerte, pero Tank es el único que me mantiene en la Tierra.

Zorros. Soy una zorra.

—Eres un cambiante —digo.

—Sí, nena. Soy un lobo.

Dejo escapar un ruido, mitad risa, mitad gorgoteo.

—Me di cuenta.

Me frota la espalda un poco más.

—Así que esta es la razón por la que Garrett te envió. No eres parte de una pandilla llamada los Hombres Lobo. Eres un hombre lobo.

—Una manada —dice después de un largo silencio—. Soy parte de una manada.

—¿Con Garrett?

—Sí.

No es de extrañar que sean reservados. Me sorprendería menos si encontrara el camino a otro mundo en mi armario, pero en realidad me tranquiliza. Al menos el comportamiento de Garrett y Tank tiene más sentido ahora.

Abro las manos, las cierro. Manos, no patas. Sin garras. Ahora no.

—¿Hay otros como yo?

—No que yo sepa.

—¡Oh! —Una vez más el mundo se desmorona bajo mis pies.

—Foxfire... ¿Hay alguien...? ¿Conoces a alguien en tu familia que pueda tener algún secreto?

—¿Como la receta de chile de mi tía abuela Agatha? ¡Ah! ¿Y ella se convierte en un San Bernardo durante la luna llena?

Tank solo me mira, con la frente arrugada. Debe de pensar que me estoy volviendo loca.

—No. —Mi aliento se estremece—. Nada de eso. Realmente no tengo una familia, solo mi madre. Y no creo que me ocultara algo así. —Me froto las manos. Manos. No patas. Sin pelaje—. Tengo frío.

Agarra una manta y la envuelve con fuerza alrededor de mí, dejando un brazo alrededor de mis hombros y dándome un abrazo lateral.

—Es el cambio. Se necesita energía. Y eres piel y huesos.

—No lo soy. —Le frunzo el ceño.

—Lo eres, nena. —Me aprieta con fuerza, acercándome—. Eres pequeña.

—Sí, bueno, nací de esta manera. No todos podemos ser extrañamente altos y con la constitución de un camión.

—De un tanque.

—Sí... —Algo que dijo vuelve a mi cabeza—. Espera, ¿entonces crees que alguien más en mi familia es cambiante?

—Los cambiantes engendran cambiantes. Es genético.

—Así que mi mamá o mi papá...

—Uno de ellos porta el gen. Lo más probable es que puedan cambiar. Sería casi imposible que dos personas sin el gen latente tengan un descendiente que pueda cambiar.

—Mi madre. —Sacudo la cabeza—. No creo que sea una cambiante. Viví con ella. La conozco de toda mi vida.

—¿Nunca se escabulló en el desierto durante horas a la vez?

—No. Ella consumía mucha marihuana, pero eso es todo.

Otro largo silencio.

—¿Qué pasa con tu padre?

—No lo conozco.

Tank asiente.

Trago saliva. Nunca conocí a mi papá. Alrededor del primer grado, decidí que quería hacerlo, pero eso fue solo porque estábamos haciendo un proyecto de clase sobre nuestros padres. Mamá me ayudó a hacer la mitad del proyecto sobre ella, y la otra mitad sobre el anfitrión de mi programa favorito, *Reading Rainbow*. Toda mi clase terminó pensando que era la hija de LeVar Burton. Mi popularidad subió mucho, y no he pensado en el misterioso donante de esperma desde entonces.

Excepto, ahora. Gracias a él me convierto en zorra. Un hombre al que nunca he conocido me ha dado lo que más impacta en mi vida.

Suspiro.

—Está bien, Foxfire —dice Tank de nuevo, y me aprieta con fuerza. Puede ser un gruñón gigante la mayor parte del tiempo, pero es bastante bueno para tranquilizarme. Me siento mucho mejor en sus brazos, de todos modos. Si él no estuviera aquí, sería un completo desastre —. Vas a estar bien.

—¿Cómo voy a estar bien? Me convierto en un animal durante la luna llena.

—No solo entonces. Con la práctica, podrás cambiar a tu voluntad.

—Oh, bueno. Puedo sorprender a la gente en las cenas.

Un sonido retumba en su pecho, un medio gruñido.

—No. No hay cenas. Tienes que mantener esto en secreto.

—No me digas, Sherlock.

Me sujeta la barbilla ligeramente.

—Está bien, nena. Primera regla de cualquier manada. Presentas tu respeto a los animales más grandes y feroces que tú. Te lo digo ahora antes de que te topes con alguien menos comprensivo que yo.

Trato de pensar en algo sarcástico mientras su mirada dominante me perfora.

—Bien —murmuro, dejando caer los ojos.

—Buena chica. —Me arropa más cerca. Estoy prácticamente en su regazo. Me acaricia el pelo. Me está olfateando de nuevo. Esta vez, no me importa. Debe de ser una cosa de lobos.

—Entonces, ¿esto significa que soy una de tu manada?

—No —dice rápidamente.

Escondo mi debilidad. Esta criatura, este animal dentro de mí, quiere a su especie.

—La mayoría de los cambiantes se mantienen a sí

mismos. Pero nunca he oído hablar de una manada de cambiantes zorros. Eres la primera que he visto.

Bien. Sigo siendo un bicho raro, no importa de qué especie. Lo que sea.

Me siento y me alejo de él para sacudirme el pelo. Es un desastre, lleno de ramas y hierba. Me peino con los dedos.

—Déjame —murmura Tank, y cepilla el resto. Cuando termina, mantiene su brazo alrededor de mí.

—Gracias. —Poco a poco, me relajo—. ¿Y ahora qué?

—Ahora, esperamos. Necesitas descansar. Por la mañana, te daré de comer.

—¿Te quedas?

—Sigues siendo mi prisionera. Y ambos sabemos que puedo atraparte, no importa lo lejos que corras.

Asiente. Estoy demasiado cansada para discutir. Ha estado aquí solo unas pocas horas, y ya es un elemento fijo en mi vida. Pero me alegro. Me siento más segura con él, de alguna manera.

«Soy una zorra, *joder*». Meto mi cara en su hombro. Es tan grande y fuerte… Y cuando mi zorra salió, supo qué hacer. Estoy demasiado cansada para pensar en lo que eso significa, pero tal vez, solo por esta noche, no tengo que hacerlo.

—Siempre supe que era diferente —murmuro.

—¿Qué significa eso, nena?

—Mi mamá. Es rara. Y ella me crio.

—¿Alguna vez se fue por períodos de tiempo o actuó de manera extraña alrededor de la luna llena?

—Ella es mi mamá. Siempre fue extraña. —Recuerdo que los niños nos señalaban y se reían. Mi nombre, mi pequeño cuerpo, mi mamá *hippie*, oliendo a aceite de pachulí y vistiéndonos con ropa de Goodwill. Todo era extraño.

Me doy cuenta de que he dicho todo esto en voz alta cuando Tank aprieta su control sobre mí.

—Vas a estar bien.

Envuelvo mis brazos alrededor de él y entierro mi cara en su pecho. Él toma la parte posterior de mi cabeza mientras murmura:

—Lo resolveremos, juntos.

CAPÍTULO CINCO

Foxfire

Sueño con mis patas revoloteando en la tierra rocosa. Una puesta de sol arde a la distancia, un rojo fuego y naranja. Mi teléfono roto cruje con la voz de mi madre diciéndome que debería teñirme el cabello de esos colores. Entonces Tank se cierne sobre mí, sacudiendo la cabeza...

Me despierto sobresaltada, el olor a tocino es tan intenso que casi puedo probarlo.

Mi estómago retumba mientras me lleva a la cocina. Tank se encuentra en la estufa, su amplia espalda encorvada y la cabeza afeitada están inclinadas sobre una sartén.

—¡Dios mío! —digo—. ¿Estás haciendo el desayuno? —Una bolsa de papel doblada absorbe la grasa debajo de una pila de tocino—. ¿Es algo de esto para mí?

Me muestra una sonrisa, sacudiendo la cabeza hacia la mesa. Mi pequeña mesa de juego está cubierta de platos de carne. Salchichas, hamburguesas, más tocino.

—¡Oh, Dios mío, Tank! ¿Mataste a todos los cerdos y vacas del mundo?

—Solo para ti, nena. Come.

«Nena. Me gusta».

«¡Mal, Foxfire!».

—Soy tan mala vegana —murmuro mientras me siento.

—¿En serio? —Tank levanta una ceja.

—¿Qué? Pensé que sería saludable.

—No puedes ser vegana.

—¿Por qué no?

—Porque eres una carnívora. —Tank puso un plato de tocino justo enfrente de mí.

—Podría comer tofu y esas cosas —argumento, como si no estuviera a punto de tragar una libra de delicioso cerdo.

—No se puede dejar de comer carne. Tu zorra no lo admitirá.

Correcto.

Mi estómago se tuerce.

—Come, nena. —Tank corta más tocino y luego viene a la mesa—. Tuviste una larga carrera anoche. Tu zorra necesita esto. —Su mano se asienta en la parte posterior de mi cuello, calmando la tormenta en mi estómago. Asiento y tomo una tira de tocino. En poco tiempo, he devorado la mitad del plato y un tercio de las salchichas. Lo suficiente para matar el hambre. Siempre he tenido un gran metabolismo. Ahora sé por qué.

Tank se mueve por mi cocina como si fuera su dueño. Es muy grande, pero de alguna manera encaja.

—Tuve un sueño con mi madre anoche —anuncio. Tank no levanta la vista de la estufa, pero sé que me está escuchando—. ¿Crees que ella lo sabía?

—Ella te nombró Foxfire.

—Ella era una *hippie* psicodélica. Fumó marihuana durante todo su embarazo.

—Eso explica mucho —murmura Tank.

—¡Oye! —Hago pucheros en su dirección.

Viene con una ronda fresca de carne, y derrama la mitad de ella en mi plato antes de golpear mi pie con el suyo en una orden silenciosa. Masticamos un rato.

—¿Recuerdas haberte ido al bosque alguna vez antes?

Suelto mi tenedor y pienso.

—Una vez comí algunos hongos y sentí que tenía pelaje. ¿Consumimos algún hongo anoche...?

Sacude la cabeza mientras regresa a la sartén:

—No lo creo. —Era esperar demasiado…

~.~

Tank

FOXFIRE ESTÁ PREOCUPADA OTRA VEZ, frunciendo el ceño en la ventana. Soñé con ella anoche, corriendo y atrapándola, poniéndola en posición debajo de mí. Me muevo en mi asiento, me alegro de que la mesa no tenga una cubierta de vidrio. Tengo que controlarme.

Me aclaro la garganta y digo:

—Hay beneficios en ser un cambiante.

—¿Sí?

—Sí. Poder comer tanto, por ejemplo. Tendrás que llevar comida extra contigo cuando vayas a transformarte.

—¿A dónde iría? ¿No saldría simplemente corriendo de aquí?

—En un apuro, sí. Pero cuidado. A la gente de aquí le gusta dispararle a los coyotes, a pesar de que es ilegal. En la oscuridad, tu zorra podría confundirse con uno pequeño.

—Está bien. —La frente de Foxfire se arruga.

—Tienes que dejar salir a tu zorra de vez en cuando. Una vez al mes como mínimo. De otra manera... bueno, podría ser diferente que para los lobos. Pero te ayudará a mantener el equilibrio. —Mi voz tiene un eco de las palabras de mi padre, enseñándome nuestra forma de vida en la mesa de la cocina—. Es importante cuidar a tu animal. Aliméntala con carne, déjala salir a correr.

—Es como si fuera un perro.

—Lo eres. Un perro salvaje.

—Así que tú... ¿corres regularmente? ¿Dónde?

—En las montañas Catalina. Pero también en la montaña A, en un apuro. —La montaña A es el pequeño pico cerca del centro de la ciudad pintado con una gran letra A por la Universidad de Arizona. Es donde Garrett se transformó y se escapó de su cita con Amber anteayer.

No le sugiero la idea de invitarla a correr con la manada un día de luna llena.

—Es posible que puedas hacer algunas carreras de medianoche. Pero una mejor opción es en una reserva de vida silvestre, un lugar donde se prohíba cazar. Incluso entonces, hay que tener cuidado. —Pero estoy preocupado. Cazadores furtivos, otros animales, otros cambiantes, cualquiera que vea a un zorro bonito y decida que lo quiere. Especialmente otro lobo. Mi lobo está rabioso ante la idea de que otro macho olfatee a su alrededor.

Me paro y despejo los platos del desayuno. Foxfire está petrificada. Tal vez tenga sobredosis de carne. Nunca se ha quedado tan quieta durante tanto tiempo.

Mi lobo insiste en consolarla, pero es mejor que no confíe demasiado en mí. Ella necesita a su propia especie. Una guarida de zorros, tal vez un compañero.

Mis dedos se enroscan en la encimera. Los retiro antes de dejar una huella.

«No un compañero», mi lobo gruñe. «Nadie más que yo».

Reviso mi teléfono. Sin mensajes. Algo anda mal. Pero Garrett me dijo que vigilara a Foxfire, así que eso es lo que voy a hacer. Incluso si ahora tengo mis propias razones.

Mi papá no lo aprobaría. Pero ¿quién más va a cuidar de ella?

Me acerco a la mesa y Foxfire se sobresalta. Sus grandes ojos se abren a los míos. Amplios, soñadores. Cara dulce, cabello *Loony Tunes*. Es tan pequeña y, en el fondo, sumisa. No es de extrañar que su zorra permaneciera inactiva durante tantos años.

—Vamos. —Golpeo la mesa frente a ella. Ella salta pero no se mueve—. Es hora de levantarse y de que empieces el día.

—¿Vamos a alguna parte? —Arquea una ceja.

—Hay que actuar con normalidad. Haz lo que haces un domingo.

—Normalmente, no estoy bajo arresto domiciliario.

La fanfarronería es una actuación. Ella es demasiado inteligente para su propio bien. Y ha estado sola demasiado tiempo, sin nadie que la cuide.

Mi lobo quiere darle todo lo que necesita.

—Supongo que me ducharé —dice, y se escabulle de su silla—. Tal vez entonces me sienta normal. Humana.

Me empuja y yo ignoro su falta de respeto; está actuando porque tiene miedo. Y no soy su líder de manada.

Crecí sabiendo que era un cambiante. Conocer a mi lobo fue algo hermoso, un rito de iniciación. Me sentí poderoso.

Foxfire emerge del baño, limpia y brillante. Su cabello

cae en suaves anillos alrededor de su cara de duende. Ella se pavonea en pantalones cortos cortados y un top ajustado, escote por estallar.

—Oh, no. —Estoy de pie—. Necesitas cambiarte de ropa.

—¿Por qué? —ella responde, fingiendo ser ajena al efecto de su cuerpo en mí—. Nos quedaremos aquí todo el día, ¿verdad?

—Solo... ponte algo de ropa. —No necesito la tentación.

Ella se pone las manos sobre las caderas.

—¿Cuál es tu problema con esta?

Aprieto los dientes. Mi problema es que mi polla está lo suficientemente dura como para atravesar una puerta. La enviaría a su habitación por el día, pero no confío en mí mismo.

—Solo cámbiate.

—Claro. —Se encoge de hombros y se quita el top. Cae al suelo entre nosotros.

—Foxfire —gruño.

—¿Quieres que me ponga otra cosa, papi? Eso estoy haciendo. —Me dispara una sonrisa letal. Dulce como la estricnina.

—No me tientes, nena —gruño—. Te advertí lo que pasaría.

—Mmm. —Ella gira un rizo de arco iris alrededor de un dedo—. Has hecho muchas amenazas. Todavía no te he visto llevar a cabo ninguno de ellas.

Que el destino nos ayude a los dos. No tiene idea de lo que quiero hacer con ese pequeño cuerpo caliente de ella. Y comienzo a mostrarle quién es el jefe. En más de un sentido.

—Está bien, nena. Hagamos esto. —Me inclino, levanto su top y se lo lanzo. —Ve al dormitorio, ahora.

Sonríe y se contonea en esa dirección.

Planeé insistir en que se vistiera y tener una conversación sobre los animales dominantes y la sumisión requerida.

En cambio, engancho su muñeca y la giro para que mire hacia la pared. Presiono su pequeña mano debajo de la mía contra el yeso texturizado, toco la otra y la agrego a mi colección. Ella todavía está en *topless*, y ahora tengo la mejor vista del mundo de su escote, que se agita porque definitivamente está emocionada por mi espectáculo de quién es el jefe.

Fijo sus dos muñecas contra la pared con una mano y aprieto su seno bruscamente con la otra. Mi boca abierta encuentra su cuello.

—Necesitas entender algo, pequeño zorra. En una manada, hay reglas.

—Pensé que dijiste que no tenía manada. —Hay una herida en su voz que hace que mi lobo gima.

—Para los cambiantes, entonces. De cualquier manera, necesitas conocer los límites de tu comportamiento.

—¿Si me porto mal seré manoseada por un lobo caliente? —Sugiere con esperanza.

Reprimo una risa.

—Lo digo en serio. Seguir las reglas puede salvarte la vida. —Ella no entiende que este mundo es peligroso, y esa es la parte que tiene a mi lobo volviéndolo loco.

—Está bien.

Libero su pecho y descanso mi palma sobre su trasero.

—Tus acciones tienen consecuencias. Los cambiantes que se salen de la raya son castigados.

—¿Vas a castigarme? —Su voz ronca es puro sexo.

—Hum, no —retumbo en su oído. Trabajo el botón de sus pantalones cortos con mi mano libre y los bajo hasta que caen al suelo. Tomo un enfoque más práctico.

Ella mueve el trasero en una clara invitación.

Quiere llevar esto mucho más lejos de lo que voy. Tengo imágenes parpadeando en mi cerebro de desnudarla completamente y embestirla con fuerza por detrás.

En cambio, llevo mi palma hacia abajo hasta su trasero vestido con bragas.

—¡Oh! —Ella da un respingo.

«¿La azoté demasiado fuerte?».

Levanto el cuello para ver su cara. Se muerde el labio, las mejillas enrojecidas de color, los ojos vidriosos.

A ella le gusta.

Le golpeo el lindo culo de nuevo. Y otra vez.

Y entonces suena el maldito timbre.

~.~

Foxfire

Tank se pone rígido. Me suelta en un instante, me tira el top por la cabeza, indicándome que me quede quieta, y se dirige a la puerta.

Así que, por supuesto, me pongo mis pantalones cortos y lo sigo. Se detiene en el pasillo.

—Es un hombre —dice en voz baja—. Puedo olerlo.

Arrugo la nariz. Todavía no puedo oler nada tan específico.

—Probablemente sea Benny. Se supone que debe venir a buscar sus cosas.

Me agarra el brazo.

—¿Vas a portarte bien? —pregunta Tank.

Pongo los ojos en blanco.

—No te preocupes. No voy a correr ahora. Eres el único que me dice que no estoy loca.

—No llegarías muy lejos.

—Ya regreso. Mantente fuera de la vista —digo, le hago un gesto con la mano y lo dejo en la cocina, donde él se queda con la cara pétrea.

«¿Debo hacer alarde de mi ex frente a él? Se volvió loco por mi atuendo al estilo de Daisy Duke».

El timbre vuelve a sonar.

—Voy. —Abro la puerta.

No es Benny, sino un hombre que lleva una gabardina. Todavía es temprano, un domingo por la mañana, y mi vecindario es bastante tranquilo. Por lo general, no nos visitan abogados.

—¿Puedo ayudarte?

—¿Foxfire Hines?

—Esa soy yo —chirrío—. ¿Puedo ayudarte?

—Sí. —El hombre saca la mano de su bolsillo y me apunta con un arma.

~.~

Tank

Huelo el arma antes de que el miedo de Foxfire me golpee, amargo y potente. Mi lobo gruñe.

Tal vez pueda moverme lo suficientemente rápido como para llegar a él antes de que me vea. Mis labios se curvan hacia atrás. Mi lobo está listo para cazar.

—¿De qué coño se trata esto? —dice mi duende de

pelo arcoíris y pone sus manos sobre sus caderas. «No, Foxfire. Compórtate».

—Solo déjame entrar, cariño. Lo hablaremos.

—¿Quién eres? —exige Foxfire—. ¿Quién te envió?

¿Qué hay en ella que la hace fanfarronear ante el peligro? Ahora no es el maldito momento. ¿Cree que el arma es un juguete?

Quiero azotarle el trasero de nuevo.

El hombre irrumpe en la casa; ella se tropieza y cae con un leve grito.

Me enfurezco. Cinco segundos después, el matón está en el suelo a mis pies y pateo lejos el arma.

—Foxfire. Cierra la puerta.

Ella se apresura a obedecer.

El hombre está inconsciente. Teniendo en cuenta lo duro que lo golpeé, probablemente quedará inconsciente por un tiempo. Tiene suerte de que no lo mate. Todavía podría.

Uso una manta para agarrar el arma, luego la abro y vacío la cámara.

Es una pistola callejera. Y ahora es mía. Mi lobo gruñe. Me concentro en el arma para evitar que mi lobo desgarre al hombre.

—Toma la cinta adhesiva de mi bolso —le digo a Foxfire, quien asiente y se apresura en conseguirla. Ato al hombre y le cubro la boca.

Foxfire está pálida, temblorosa. Respiro hondo y controlo mi rabia. Arrancarle a este hombre extremidad por extremidad no resolvería nada y la aterrorizaría a ella.

—Ven aquí —digo y abro los brazos. Ella corre hacia ellos. Su cuerpo es tan pequeño. La balanceo y la llevo al sofá, donde puedo consolarla y mantener mis ojos en el matón.

—¿Qué quiere? —Foxfire se estremece.

—No sé, nena —le acaricio la garganta. Ella está viva, a salvo, en mis brazos. Foxfire y su pelo loco. Uso un puño para tirar su cabeza hacia atrás, suavemente, y besar su boca. Sabe a melón y fresas, azúcar y especias, a Foxfire.

Mis labios se acarician sobre los de ella, a pesar del hombre inconsciente en el suelo. Ella es mía. Sus pezones se endurecen contra la delgada camisa, y estoy a punto de acostarla y reclamarla. Cuando retrocedo, ella tiene estrellas en sus ojos. Yo las puse allí. Mi lobo está satisfecho.

—Vas a estar bien —le digo.

Ella me mira fijamente, con los ojos muy abiertos.

—¿Qué vamos a hacer con él?

Normalmente haría algunas llamadas. Pero este trabajo se ha transformado en algo que nadie esperaba.

—Lo resolveré. Voy a asegurarme de que no sea un peligro para nosotros, y trataré de obtener algunas respuestas. ¿Puedes ir a tu habitación y trabajar por un tiempo?

—Sí. Hum, ¿Tank? ¿Puedo usar tu teléfono para revisar mis mensajes?

—Claro, nena.

Una vez que ella se ha ido, me arrodillo junto al matón. Tiene el aspecto de un exluchador, manos ásperas, fuerza robusta, vientre un poco blando. Un matón local a sueldo. No demasiado brillante. Debería haber venido con respaldo. Pero estaba pensando que atacaría a una mujer pequeña y desarmada. No me esperaba a mí.

Entro en la cocina por un momento mientras mi lobo se enfurece.

Foxfire. Joder. Podría haber sido asesinada. O bien…

—¡Tank!

Me doy vuelta mientras ella se apresura hacia mí. Algo anda mal. Su rostro está aún más pálido de lo que era. Sus ojos muy abiertos y frenéticos.

—Creo que sé quién es. Tengo que irme, ahora. —Ella

gira y comienza a buscar la puerta. La atrapo, manteniéndola quieta mientras lucha.

—Dime, nena. ¿Qué pasa?

Ella sostiene el teléfono.

—Mi madre llamó. Está en problemas.

~.~

FOXFIRE

—ESCUCHA ESTO. —Le doy el teléfono a Tank.

—¿Foxfire? —La voz de mi mamá sale del altavoz—. Solo quería asegurarme de que estés bien. Me he metido en un pequeño problema y tuve que tirar mi teléfono. Puede que algunos hombres vayan preguntando por mí. Solo diles que recibirán el pago cuando pueda. Mantente a salvo, cariño.

Tank reproduce el mensaje de nuevo mientras me muerdo el labio y dice:

—Parece que les debe dinero a las personas equivocadas.

—No me *jodas*, Sherlock —murmullo.

El rostro de Tank se convierte en piedra, y recuerdo que a los lobos no les gusta ser desafiados. Pero es mi mamá de quien estamos hablando.

—Ella me dejó un mensaje anoche, pero no lo recibí porque rompiste mi teléfono. ¡Maldita sea! ¡Esto es tu culpa!

Tank se frota la mandíbula:

—Lo siento por eso. Realmente lo siento. Y entiendo que estés enfadada, pero no vuelvas a desafiarme, nena, o mi lobo sentirá que tiene que recordarte quién está a cargo aquí.

El recuerdo muy reciente de en qué forma vendrá ese recordatorio se convierte en una tentación brillante. Pero ahora no es el momento. Me cruzo los brazos sobre el pecho.

Sí, me dio el mejor beso de mi vida y golpeó a un pistolero para salvarme.

Me da igual. Todavía estoy enfadada.

—Necesito irme —le digo.

—¿Ir a dónde?

—¡Ir a ayudarla! Necesito arreglar esto.

Tank me mira. Está junto al matón que yace en el suelo.

—¿Y cómo vas a hacer eso?

—Lo resolveré.

Me agarra el brazo.

—No vas a ir a ninguna parte, nena.

—Oh, por favor. Difícilmente vaya a contar tu pequeño secreto. Soy una de ustedes, ¿recuerdas?

—Silencio. —Me lleva a la cocina—. Necesitas estar callada sobre ese asunto.

—Bueno, ahora soy una de tu pandilla, ¿verdad? ¿Los peludos?

—No puedes simplemente huir. No es seguro.

—¿Por qué no? Ya aniquilaste al tipo que enviaron a por mí. No es una amenaza.

—No me refiero a él. Me refiero a otros cambiantes.

—¿Qué?

Tank maldice, mete la cabeza en la otra habitación para ver al hombre inconsciente, luego regresa y me lleva más lejos en la esquina.

—No tienes manada. No tienes protección. Si te

encuentras con la manada de cambiantes, podrían ir detrás de ti.

Parpadeo.

—¿Qué? ¿Por qué? ¿Y cómo lo sabrían?

—Tu aroma se está volviendo más fuerte. Cada vez que cambies aumentará hasta que otros cambiantes sepan exactamente quién y qué eres. Y no tendrás ninguna protección. No tienes gente. Estás sola.

¡Jesús! Como si necesitara que me explicara una vez más la historia de mi vida. Me encojo de hombros.

—Bueno, lo que sea. Estoy acostumbrada a eso.

Él presiona sus labios, estudiándome. Me encuentro con su mirada, levanto la barbilla. Siempre he sido extraña, una especie de monstruo. ¿Me conoce un día y piensa que me voy a desmoronar enfrentándome a mis problemas por mi cuenta?

A la mierda. Siempre he estado sola.

—Me voy —digo mientras empiezo a abrir la puerta.

—No lo harás —gruñe, agarrándome de la muñeca.

—No me digas.

—Cambiaste por primera vez frente a mí. Eso me hace responsable de ti. —Parece que Tank acaba de tomar esa decisión. Sus palabras me sorprenden en la quietud—. No quieres salir sola. Confía en mí.

—Bueno, no voy a quedarme aquí. Mi mamá está en problemas. El matón en la otra habitación es la prueba.

—Otra razón por la que no deberías estar sola. Vino aquí pensando que se iba a enfrentar a una mujer de metro y medio y cuarenta y cinco kilos a la que podría dominar fácilmente. Y lo habría hecho, si hubieras estado sola.

—Por suerte no lo estaba. Y peso cincuenta y cuatro kilos, muchas gracias.

Tank sacude la cabeza.

—No vas a ir sola. No es seguro.

—Bien —sonrío sin alegría—. Entonces vienes conmigo.

—Yo…—se detiene—. *Joder*. —Tank mira su teléfono como si fuera un oráculo con la respuesta.

—Me voy. Puedes venir conmigo o quedarte aquí con mi otro invitado no deseado. —Ambos miramos al matón aún inconsciente.

—O podría atarte a la cama —dice Tank.

No me molesto ni en responder a eso. Todo es diversión y juegos sexuales hasta que recibes la visita de un matón y una llamada frenética de tu madre.

Tank lee esto en mi cara y suspira:

—Bien. Pero yo estoy a cargo.

Parpadeo. Nunca esperé que me respaldara. El alivio se precipita a través de mí.

—Está bien, sí. Me estoy acostumbrando a eso —digo.

—Ve a empacar. —Tank sacude la cabeza en mi habitación—. Me ocuparé de este tipo.

—¿Qué le vas a hacer?

—Despertarlo y tratar de interrogarlo. No te quiero aquí.

—¿Quieres que consiga una lona? Por si hay sangre.

—No. Yo…

Un sonido en la puerta hace que los dos nos quedemos congelados. Alguien está tratando de entrar. Las llaves suenan y escucho una maldición.

Mierda. Es Benny. Menos mal que cambié las cerraduras.

Tank se dirige hacia la puerta. Va a dejar inconsciente a Benny.

—Espera. —Atrapo su brazo—. No puedes, es mi exnovio.

—¿Qué?

Suena el timbre.

—¿Foxfire? —Benny se queja—. Sé que estás allí. —Toca el timbre un par de veces más y llama.

—Dejó cosas aquí. He quedado con él para que las recoja —le explico rápidamente a Tank.

—*Joder.*

El matón de la mafia todavía está tendido sobre mi alfombra. Joder, por cierto.

—Puedo detenerlo… —empiezo a decir justo cuando el matón comienza a agitarse. Al menos, hasta que el puño de Tank aparece y lo vuelve a golpear en la mandíbula—. Eso probablemente no sea bueno para él.

—Te apuntó con un arma —dice Tank. El brillo en sus ojos me dice que en su mundo, no sostienes armas contra las mujeres. En cambio, a ellas las fijas contra una pared y las azotas si son traviesas. Es un lugar bastante interesante, el mundo de Tank.

—¡Foxfire! —grita Benny.

—¡Voy! —grito, yendo hacia la ventana por si Benny decide intentar mirar a través de las cortinas.

Tank ya tiene al matón arrollado en mi alfombra y lo está llevando a un cuarto interior.

—No, no allí —susurro—. Ahí es donde guardo las cosas de Benny.

Tank se dirige a la cocina.

El timbre suena constantemente.

—Ve a la puerta —ordena Tank—. Mantenlo ocupado lejos de las ventanas.

Vuelvo a la puerta, la abro, salgo y la cierro detrás de mí.

—¿Qué demonios? —Mi ex entrecierra los ojos. Todavía no son las diez de la mañana. Temprano para él. A la luz del día, parece casi anémico.

—¿Qué quieres, Benny? —Tiene la barbilla débil, flaca

y la cabeza con forma de olla. No tengo idea de lo que vi en él.

—Estoy aquí para recuperar mis cosas. ¿De quién es esa camioneta? —Él frunce el ceño, señalando la gran camioneta gris con caja cubierta en mi camino de entrada —. Está en mi lugar.

—No tienes un lugar, Benny. Soy dueña de esta casa y nos separamos.

—¿Tienes a un hombre dentro? —Frunce el ceño en la puerta.

—Eso no es de tu incumbencia. Sé que estás aquí por tus cosas, pero estoy en medio de algo. Vuelve más tarde. —Por el rabillo del ojo, veo a Tank emerger del costado de la casa, llevando la alfombra. Se dirige por el camino de entrada hacia a su camioneta.

—Pensándolo bien, ahora es un buen momento. —Meto a Benny adentro antes de que tenga tiempo de hacer una pregunta—. Aquí están tus cosas.

—¿Qué pasó con tu alfombra? —Mira el hueco desnudo en el medio de mi sala de estar.

—Termitas —le espeto—. Termitas de alfombra. —Agarro la lámpara de lava de la esquina—. Aquí. Esto es tuyo.

Benny frunce el ceño, lo que significa que no está mirando por la ventana donde puede verse a Tank cargando en la parte trasera de la gran camioneta gris a un hombre de la mafia envuelto en alfombra. Con suerte, ninguno de mis vecinos se dará cuenta tampoco.

—No quiero esta mierda —dice Benny—. Quiero mis luces.

—¿Qué?

—Las luces de cultivo.

—¿Para los tomates?

—No, idiota, para mi marihuana.

Me trago un suspiro. Sabía que la usaba, pero no sabía que cultivaba hierba.

—¿Cultivaste plantas aquí?

Benny pone los ojos en blanco:

—¿Dónde están?

Me pongo en movimiento hacia el cuarto interior.

—Pero ¿qué pasará ahora con mis tomates?

Benny me rodea y comienza con ese tono cortante y despectivo que siempre usaba cuando pensaba que yo estaba con la cabeza en cualquier parte.

—Escucha, tonta...

Lo siguiente que sé es que Tank aparece frente a mí, toma a Benny por el cuello y lo levanta en el aire.

—¿La acabas de llamar «tonta»?

Benny balbucea:

—Amigo…

—¿Conoces a este idiota? —Tank gruñe.

—¡Sí, Tank! Está bien. Es mi exnovio.

Un gruñido más fuerte esta vez, más profundo, sale de sus entrañas. Su lobo.

«Hola, lobito».

—Discúlpate con Foxfire. —Los ojos de Benny muestran su enfado, pero no dice nada, Tank muestra sus dientes—. Discúlpate.

—*Joder*, lo siento, ¿de acuerdo?

Tank deja caer a Benny, quien retrocede, jadeando:

—¿Qué carajo?

—¿Tiene algún derecho en este lugar? —Tank me pregunta sin quitar los ojos de encima de mi ex.

—¿Qué? No. Es mi propiedad. Pero se iba a hacer cargo de las reparaciones. —Es probablemente la única razón por la que salí con él. Y terminó quedándose. Durante los primeros días me hizo reír. Después de eso, él era solo un hábito, uno que debería haber roto hace mucho tiempo.

—¡Me abordó! —Benny grita, señalando a Tank.

—Sí, lo sé —me burlo—. Estaba parada aquí mismo. Ahora vete, Benny. Haz que tu nueva novia te compre nuevas luces de cultivo.

—Llamaré a la policía para que registre este lugar.

—¿Qué? —jadeo—. Tú cultivaste la marihuana, no yo.

—No lo saben. Y como dijiste, eres la dueña del lugar.

—Consíguele las luces —murmura Tank sin quitar los ojos de Benny.

Troto al cuarto trasero, notando mi alfombra devuelta, arrugada en el suelo y extrañando al hombre de la mafia. Agarro el par de luces y vuelvo a encontrar a los dos hombres de mi vida en un concurso de miradas. Si asignamos puntos en función de la rudeza y el dominio, Tank está ganando.

—Aquí las tienes —digo, Tank me quita las luces y se las tira a Benny.

—Si llamas a la policía, te encontraré —le advierte Tank.

—Sí, vale, hombre.

Tank le cierra la puerta en la cara.

—¿Saliste con esa cosa? —me pregunta.

—Sí.

—¿Rompiste con él?

—Uh, sí. Era malo en la cama. Y luego descubrí que me engañó.

—¿Te «engañó»? —dice Tank como si yo acabara de afirmar que el cielo era rosado.

Asentí.

—Si te molesta de nuevo, llámame.

—Está bien. ¿Qué vamos a hacer con el matón?

—Está en mi camioneta

—¿Qué pasa con su coche?

—Me encargaré de eso. Consigue tus cosas.

Tank saca su teléfono.

—¿Oye, Nox? Sí, necesito un remolque... Espera. — Aparta el teléfono de su oreja y me da una palmada en el culo.

Nuevos hormigueos comienzan allí y corren directamente a mi núcleo.

—¿Qué te acabo de decir que hagas?

Pongo los ojos en blanco.

—¡Mandón! Me voy, me voy. —Doy vuelta sobre mis talones y me apresuro a ir al dormitorio para conseguir mi bolso, sintiendo la mirada de Tank en mi crispado trasero todo el camino. No estoy segura de por qué mis partes de zorra se mojan tanto cuando me dice qué hacer. «¿Qué me está pasando?».

Veinte minutos después, Tank me ayuda a entrar en su camioneta y empuja mi bolso detrás del asiento. El matón de la mafia está en la caja cubierta detrás de nosotros, amordazado con cinta adhesiva y con su vida pendiendo de un hilo.

—¿Seguro que estará bien ahí?

Tank asiente y enciende la camioneta. Ruge enorme y poderosa, como su dueño. Las grandes manos de Tank giran el volante y me emociona verlo salir de mi camino de entrada.

Reboto un poco en mi asiento y le digo:

—¡Viaje por carretera!

Tank permanece en silencio. Nos dirigimos directamente a la autopista.

—¿Podemos parar a comer bocadillos?

—No.

—Está bien. —Al menos tengo una botella de agua,

aunque será mejor que la guarde durante treinta minutos antes de hacer la parada obligatoria. Tengo una vejiga del tamaño de un guisante.

Relaciono todo esto con Tank. Sus labios se contraen, pero no quita los ojos de la carretera ni cambia de expresión.

—¿Qué tal la música? —Levanto mi iPod—. Tengo una gran lista de reproducción. ¿Tienes alguna manera de enchufarlo?

—No.

—Está bien, tengo altavoces aquí en algún lugar...

—No. Sin música.

—Entendido, papito.

—No… —Tank se toca las cejas con el pulgar y otro dedo, y cierra brevemente los ojos.

Le sonrío, irradiando lindas vibraciones, pues me sacan de todo tipo de problemas.

Tank suspira.

Esto va a ser muy divertido.

~.~

Tank

MEDIA HORA de transcurrido el viaje, y quiero estrangularla. Bueno, en realidad no. Solo quiero hacer callar esa boca con mi lengua. No, mejor con mi polla. En realidad, a mi miembro no le importaría explorar a fondo otras partes de ella. Todos los orificios disponibles. Eso sería lo único que podría mejorar mi mal humor. Y el dolor de mis pesadas bolas.

Pero por muy excitante que encuentre a Foxfire, por mucho que mi lobo se sienta atraído por ella, no puedo seguir con esta chica. En primer lugar, está un poco loca. Adorablemente chiflada, pero aun así. Ella es el tipo de chica de las que mi papá me advirtió. Repitió tantas veces que los miembros de la manada están por encima de cualquier chica que reconozco los signos de ser arrastrado por una hembra.

«Nunca pongas una hembra antes que a la manada, hijo. Te arruinará todo».

Me temo que tiene razón. Ya estoy tomando malas decisiones por ella. Garrett está en crisis en este momento, y yo soy su segundo al mando. Debería estar apoyándolo, revisando el club Eclipse y esperando órdenes. En cambio, he envuelto a un matón en una alfombra y lo he cargado en mi camioneta, y estoy conduciendo cuatro horas hasta Flagstaff.

Por culpa de una chica.

Por supuesto, es una chica muy atractiva y fascinante, con la boca más follable que he visto. Pero no puedo ir allí con ella.

Tarareando para sí misma, Foxfire apoya sus piernas en el tablero del vehículo. Son largas y de una deliciosa carne desnuda porque ella todavía está usando esos malditos pantalones cortos. Estoy bastante seguro de que si las mantiene allí, chocaré tratando de inclinarme y lamerlas.

—Piernas fuera —ordeno. Sueno más gruñón de lo que quiero.

No le afecta, excepto para subirlas un poco más.

—Vale, machote—. Ella las desliza hacia abajo, sonriendo como si viviera para obtener un cumplido de mí.

—No te sientas demasiado cómoda —le advierto, pero lo digo para mí mismo—. Vamos a llegar a Flagstaff, interrogar a este tipo y ver a tu madre. Estaremos de vuelta antes de que mi manada se pregunte a dónde he ido.

Dejé un mensaje a Garrett, y probé con Jared y Trey, pero todavía no he sabido nada de ellos. Es un poco preocupante, aunque son lobos grandes que pueden cuidarse a sí mismos.

Mientras tanto, estoy atrapado en un viaje por carretera con la pequeña *Miss Sunshine*.

¿Cómo acabé metido en esto?

Porque mi lobo no la dejará sola. No puedo soportar que un hombre humano la toque, y mucho menos que la amenace. Y dos humanos ya lo han hecho en la última hora. ¿Que lo haga un cambiante, incluso uno de mi manada? Olvídalo.

—Esto es muy emocionante. Mi primer viaje por carretera con un hombre lobo. —canturrea ella en su asiento. Se ha quitado la sudadera con capucha y sus pezones se presionan contra la delgada tela de su camisa.

Mi polla quiere bailar con ella.

—Siéntate —gruño. ¿Qué estaba pensando al aceptar estar a solas con Foxfire durante un viaje de cuatro horas? Es una hermosa dama, una zorra, y yo soy un lobo de sangre caliente.

—Tenemos que tener cuidado. No es una buena idea irritar a mi lobo.

—¿Qué? ¿Por qué?

—Hoy hay luna llena.

—¿Qué pasa entonces? —Su voz disminuye— ¿Es tu época del mes?

Resoplo por su elección de palabras.

—No tenemos que cambiar, pero queremos hacerlo. Y las hembras suelen entrar en celo —informo.

—¿Como ponerse muy cachondo?

—Sí.

—Lo entiendo. Tienes miedo de follarme. Pero entonces, ¿cuál es el gran problema?

· · ·

~.~

FOXFIRE

LAS MANOS de Tank aprietan el volante con tanta fuerza que va a dejarle las huellas marcadas si no tiene cuidado.

—Eso... no va a suceder —aclara.

—Sí. Estoy escuchando que no quieres hacerlo. ¿Cuál es el gran problema? —Pensé que podía jugar conmigo tan bien como lo hizo en mi casa.

Murmura algo bajo su aliento.

—Espera, ¿tienes una esposa escondida en algún lugar? ¿Pequeños bebés Tank? —Mi voz es ligera, desafiando el dolor chillón que envuelve mi corazón.

—No.

Siento alivio. Trato de no demostrarlo. Me inclino hacia atrás con una sonrisa.

—Mira, esto no es una cita. Eres una cambiante y tu madre está en problemas. Podríamos estar metiéndonos en una situación peligrosa. Ambos tenemos que mantener la cabeza centrada. —Me mira como si no estuviera seguro de que la mía lo haya estado alguna vez. Es una mirada que estoy acostumbrada a recibir.

Debe de haber visto un destello de dolor en mi rostro, porque su mirada se suaviza.

—Creo que podemos preguntarle a tu madre acerca del hecho de que eres una cambiante y llevarte con tus parientes.

Familia. Ni siquiera puedo pensar en eso.

Las señales de la autopista pasan. Nos estamos acercando a Phoenix.

—¿Qué pasa con tu manada? —pregunto después de

unos minutos de silencio.

—¿Qué pasa con ella?

—Quiero decir, son como tu familia, ¿verdad?

—Más cerca que la familia. La manada está en mi sangre —recita.

—Correcto. ¿Por qué no conseguir que te ayuden con el pistolero que está atado y amordazado?

—No necesito que manejen esto.

—¿Pero qué pasa con Garrett? ¿No tienes que informarle a él o algo así?

—Garrett está ocupado. Una de nuestras compañeras de manada está desaparecida, y la está buscando. Y no, no necesito su permiso. Es el alfa, pero confía en mí. Estoy en una posición suficientemente alta en la manada, solo le respondo.

—Hay una jerarquía.

—Sí. Cuanto más dominante sea tu animal, más alto tiendes a estar en la manada.

—Entonces, ¿dónde estaría yo en la manada?

—En la parte inferior. Eres pequeña y más débil.

Me desplomo un poco.

—No es algo malo. Todas las manadas necesitan lobos sumisos. Mantienen la manada unida. Los lobos dominantes luchamos todo el tiempo por nuestra posición. Es por eso que los roles en las manadas estables se aplican estrictamente. De lo contrario, nos destrozaríamos unos a otros. Los lobos sumisos no representan esa amenaza para los dominantes. Queremos protegerlos.

—¿Quieres protegerme?

Su mandíbula se aprieta y no me responde.

Él no debe hacerlo, ya lo sé. Siente que *tiene* que protegerme. Pero él no *quiere*. Mi juego de molestarlo ha tenido éxito. Debería ponerme feliz, ¿verdad? Esta es una estratagema que he usado toda mi vida. Actuar de manera más rara de lo que ya creen que soy. Vencerlos al punto de llamarme *freak*. Y poseerlos.

De alguna manera, solo me hace sentir un poco enferma en este momento. ¿Qué tipo de mujer prefiere Tank? Me imagino a una loba alta y rubia. Quiero matarla. Tal vez no soy tan sumisa como él piensa.

Me quedo en silencio, sobre todo para darle un descanso.

A medida que avanzamos a través de Phoenix, Tank sigue las señales para llegar a la I-17 hacia el norte hasta Flagstaff. Se aclara la garganta:

—En unas horas estaremos en Flagstaff. ¿Dónde vive tu madre?

—Hum...

Él mira el GPS y me dice:

—Pon la dirección.

—Esa es la cuestión. —Arrugo la nariz—. Ella se muda mucho.

—¿Dónde está su casa?

—No tiene una. Después de que se fue de casa, se mudó a un remolque *Airstream*. Ya sabes... —me apresuro a explicar cuando Tank palidece—, uno de esos remolques de viaje plateados que la gente usa para acampar en el medio del campo.

—Sé lo que es un *Airstream*. ¿Me estás diciendo que tu madre vive en uno, durante todo el año?

—Ahá.

—¿En qué trabaja?

—Es sobre todo una artista.

Tank suspira pesadamente.

—Pondré su último lugar de aparcamiento conocido. Ella debería estar en algún sitio alrededor de Flagstaff. A veces aparca cerca del Gran Cañón para venderles cosas a los turistas allí.

—¿En un terreno designado para acampar?

—Oh, claro —digo en un tono que significa *probablemente no.*

Otro suspiro.

—¿Qué vas a hacer con este tipo? —digo, moviendo un pulgar detrás de mí e indicando la caja de la camioneta y al matón incapacitado.

—Voy a interrogarlo.

—Ha estado fuera de sí por un tiempo. Tal vez lo golpeaste demasiado fuerte.

—Está bien.

Tank saca su teléfono.

Una voz ruda y masculina responde.

—Tank al habla. ¿Todavía tenemos la casa de seguridad en New River?

—Gracias. La usaré durante las próximas dos horas. Lo explicaré más tarde. —Cuelga y, durante los próximos kilómetros, se ve tan sombrío que no me atrevo a preguntarle nada. Espero que no esté en problemas con su manada.

A treinta minutos de Phoenix, algo en la caja de la camioneta golpea. Y sigue golpeando.

—Uh, oh —digo mientras Tank echa blasfemias—. Creo que el hombre de la mafia se ha despertado.

—Demasiado pronto. No lo dosifiqué lo suficiente.

—¿Dosificarlo?

—Espera. —El martilleo continúa mientras Tank toma la salida.

—Esta fue una maldita idea y muy estúpida —murmura.

Me acurruco en el asiento.

—¿A dónde lo llevamos?

—A una casa segura, privada.

Ciertamente estamos en el medio de la nada.

Los golpes se han detenido. Por ahora.

—¿Realmente esperabas que permaneciera inconsciente todo este tiempo? —pregunto.

—Lo drogué.

—¿Lo drogaste?

—Con un tranquilizante.

Mis cejas se arrastran hasta la línea del cabello.

—¿Llevas esas cosas?

—Sí. —Mira detrás de mi asiento donde vive su bolso negro, lleno de cinta adhesiva y sedantes pesados—. Los hombres lobo no siempre tienen el control. A veces su lobo... se vuelve loco.

—¿En serio?

—Sí. Así que tomamos precauciones.

—¿Tienes que... drogar a alguien antes?

—Sí. —Se le nota incómodo.

—No solo a los lobos —supongo—. ¿A humanos también?

—El mundo no puede saber de nosotros.

Me lamo los labios.

—¿Vas a hablarle a tu manada sobre mí?

—Sí. Mi alfa está fuera de la ciudad, pero le informaré. Tendré que hacerlo. Te olerá en mí y querrá saber qué pasó.

—¿Qué hará? ¿Me dejará entrar en la pandilla?

—No hay pandilla. Solo manada.

—¿Y?

—Foxfire, no lo sé. No eres una loba, nena. Para entrar en una manada, necesitas un patrocinador. Alguien que responda por ti. De lo contrario, eres sospechosa. Una cambiante tímida como tú...

—No soy tímida.

—Tu zorra es tímida —aclara—. Los cambiantes tienen rango en una manada. Una nueva cambiante no tiene rango. Eso significa que son un blanco de ataque fácil para los dominantes. —Me echa una mirada—. Te explicaré otras cosas más adelante.

—Está bien. Pero, si le hablas a tu alfa sobre mí... ¿no podrías ser mi patrocinador?

Sus dedos tamborilean el volante.

—Tal vez.

Su reticencia duele más de lo que me importa admitir. He pasado toda mi vida enarbolando mi bandera *freak*, precisamente porque sé que nadie me quiere en su club. Soy diferente. Al menos ahora sé *por qué* soy diferente. Pero supongo que es demasiado creer que encajaría con otros cambiantes solo porque tengo cola. Todavía no me quieren.

Nos detenemos en un oculto camino de entrada. Los hombros de Tank se relajan una fracción de segundo. El golpeteo comienza de nuevo. Mientras vamos dando tumbos por el camino de grava, escucho gritos amortiguados. El matón debe de haberse aflojado la cinta sobre su boca.

Subimos alrededor de una curva boscosa, y una pequeña cabaña de troncos aparece a la vista.

Jadeo:

—Esto es tan lindo.

—Se supone que nadie debe saber sobre este lugar, excepto la manada.

—¿Te vas a meter en problemas por traerme aquí?

En lugar de responderme, Tank agarra su bolso negro y sale del vehículo. Me apresuro a seguirlo, pero cuando llegamos al baúl, él saca la mano.

—Retrocede, nena.

Doy un paso a un lado.

Comienza a abrir la compuerta trasera y hace una pausa. Señala una roca a pocos metros de distancia.

—Quédate allí —me dice.

—¿Por qué?

—Porque no es seguro.

—Ya me ha visto antes.

Tank gira y me sujeta, llevándome hasta que mi espalda golpea un árbol. Presiona su cuerpo duro contra el mío.

—Nena, ¿te vas a quedar aquí mientras trato con él o tengo que atarte a este árbol?

Mis partes de zorra palpitan, los pezones se tensan. «Átame, hombre grande». Mis labios se separan pero no sale ningún sonido. Estoy mirando sus labios, tan tiernos, teniendo en cuenta lo varonil que es. Quiero que me bese.

Él lo hace.

Es un beso duro y castigador, y cuando se aleja sus ojos brillan de color amarillo. Me señala con el dedo y me da una orden con sus peculiares labios.

—Quédate ahí.

Pongo los ojos en blanco pero obedezco, feliz de tener un asiento en primera fila. Observo desde una distancia segura cómo Tank abre la caja, sujeta los pies del hombre y lo saca.

Mis tripas se aprietan mientras Tank lidia con el cautivo, pero es quince centímetros más alto y veinte kilos más pesado que el gran matón. En poco tiempo, el hombre está de rodillas, atado con cinta adhesiva.

—¿Qué carajo? —dice el matón.

—Cállate. —Tank lo golpea—. ¿Ves este lugar? —señala. La camioneta está entre el hombre y la cabaña, así que todo lo que ve es el desierto alrededor de un camino vacío—. Estamos en medio de la nada. No tienes derechos. ¿Qué querías con la chica?

—¿Foxfire Hines?

Tank lo golpea de nuevo. Me acobardo un poco; a pesar de que sé que la rabia controlada en la cara de Tank no está dirigida a mí.

—No digas su nombre. En lo que a mí respecta, ella no existe para ti después de este momento.

—¡Está bien! Era solo un trabajo —el matón balbucea durante unos segundos hasta que Tank lo corta.

—¿Qué trabajo?

—No lo sé. Recibí órdenes: conseguir a la chica, atarla, meterla en el maletero y llevarla al punto de entrega.

—¿A alguien más?

—No, solo a la chica. Y se suponía que no debía lastimarla, solo llevarla al lugar, viva. No sé nada más, lo juro.

Cuanto más habla el matón, más parece que Tank lo va a asesinar.

—¿Dónde está el punto de entrega? —gruñe con una voz apenas humana.

El matón nombra una dirección.

Me apresuro a escribirla. Mientras mi bolígrafo garabatea, el matón levanta la cabeza en mi dirección.

Tank lo golpea de nuevo y pone una capucha sobre la cabeza del hombre, asegurándola con cinta adhesiva. El hombre lucha pero termina en el suelo, atado e indefenso. Tank lo deja allí y viene a mi encuentro.

—Métete en la cabaña y espérame. La llave está debajo de la alfombra.

—¿Vas a torturarlo? —susurro.

—No. Lo drogaré y lo dejaré en las afueras de la ciudad. No sabe nada. Ya envié su matrícula y otros datos a alguien que puede obtener más información sobre él. Es un matón local y está diciendo la verdad.

—¿Cómo lo sabes?

—Puedo oler si miente.

Me estremezco.

—Nena, ve a esperar en la cabaña.

Cuando Tank viene a buscarme, está hablando por teléfono con alguien llamado Jackson, leyendo la dirección que el matón nos dio.

—Puedes enviarme un mensaje de texto con lo que encuentres —dice.

Lo sigo y me indica que me suba a la camioneta. El matón ya está dentro, el bolso negro detrás de mi asiento.

—Está bien. Gracias —contesta.

—¿Quién era ese? —pregunto cuando cuelga.

—Amigos. Son buenos para indagar cosas en Internet. Van a buscar más profundamente y me dirán lo que está pasando.

—¿Hombres lobo?

—Sí, pero no de la manada.

—Me estás ayudando mucho —digo mientras Tank sube a la camioneta.

Gruñe rebuscando dentro del aterrador bolso negro. Contengo la respiración, pero él solo me lanza una barra de proteína.

—Gracias. ¿Tienes agua?

Tank me ofrece una botella, pero la aleja en cuanto la alcanzo.

—No nos detendremos hasta Flagstaff —advierte.

Sonrío.

—Acabo de orinar, pero gracias por la advertencia. —Él pone los ojos en blanco mientras yo sonrío, pero solo tomo unos sorbos de la botella antes de cerrarla. No tiene sentido detenerse mientras tenemos a un hombre drogado en la parte de atrás.

Ahora estamos fuera de la ruta principal, tomando carreteras secundarias. Los árboles pasan como latigazos. ¿Cuántos lobos deambulan por este bosque nacional? ¿Coyotes? ¿Zorros?

—¿Dijiste antes que mi zorra es tímida? —pregunto.

—Creo que se escondió hasta que supo que era seguro salir.

—¿Cómo supo que era seguro?

Él no responde.

—¿Fue porque sintió a tu lobo? ¿O tenía miedo de tu lobo?

Pasan más kilómetros. El perfil de Tank no cambia. Aparentemente, amenazar a un matón e ir a salvar a mi madre no es la experiencia de unión que pensé que era. En todo caso, se ve más cerrado.

—Mira —suspiro— sé que me odias, pero...

—No te odio.

—Crees que soy molesta, entonces.

Su cabeza se sacude con un «no».

—Entonces, ¿por qué no me hablas?

—Es mejor de esta manera —murmura.

Pongo mi mano sobre su pierna y él me atrapa la muñeca. Es como si fragmentos de vidrio perforaran mi intestino. Trato de ocultarlo, pero Tank mira hacia atrás, y su agarre se suaviza mientras comprende mi decepción.

—Nena, no eres tú —dice—. Pero es mejor si no nos involucramos.

—Tank, estamos conduciendo a la casa de mi madre en Flagstaff con un matón en la parte de atrás. Pasaste la noche en mi casa. Me viste transformarme por primera vez, te enfrentaste a mi ex y me mostraste una casa segura de hombres lobo. —Me echo hacia atrás en el asiento resoplando—. Es demasiado tarde para no involucrarse.

Sacude la cabeza, pero sus labios se mueven un poco. Mi pequeña diatriba lo hizo sonreír.

—¿Qué hay de malo en que estemos involucrados de todos modos?

Pregunta equivocada. Cada pedacito de calor sale del

habitáculo. Tank bien podría haberse convertido en piedra.

—¿Tank? —insisto.

—No es seguro —dice.

—¿Qué no es seguro? ¿Tú y yo? —Resoplo—. Eso es ridículo. Eres el tipo más seguro que conozco.

—No, no lo soy.

—¿Me estás diciendo que estoy en peligro? No puedo imaginarte lastimando a una mujer.

—No a cualquier mujer. Solo soy peligroso para ti.

—¿Qué?

Él murmura algo, y yo me inclino hacia adelante.

—No me di cuenta de eso.

—Mi lobo se siente atraído por ti.

Ah. Si yo fuera un gato, ronronearía.

—¿Tu lobo? ¿O tú?

Pongo mi mano sobre su pierna, otra vez.

—Detente —dice. Pero no la aleja.

—Nunca te di las gracias por ayudarme. Estaría hecha un desastre sin ti.

—Eres un desastre.

Me río, pero es un sonido duro, amargo.

—La palabra que estás buscando es *freak.*

—No eres un monstruo. —Frunce el ceño.

~.~

Tank

FOXFIRE INCLINA la cabeza hacia un lado mientras me estudia. Me pregunto qué ve ella.

81

—Sin embargo, crees que soy linda.

Sacudo la cabeza.

—Oh, vamos. Te gusto. Admítelo —dice.

—No.

La decepción se vislumbra en su cara. Inmediatamente, quiero recuperarla. Pero ¿qué voy a decir? «Moléstame todo lo que quieras, nena. Solo prepárate para enfrentar las consecuencias». Joder. La idea de inmovilizarla y enseñarle a ceder tiene a mi miembro presioanándose dolorosamente contra mis vaqueros.

Circulamos varios kilómetros. Foxfire, abatida, mira por la ventana.

—Eres mucho más que linda —lo admito—. Eres ardiente.

—¿En serio? —Ella se ilumina.

—Sí. Estoy esforzándome bastante para evitar que mi lobo te tumbe y te folle con locura.

—Impresionante —dice y respira—. Sabía que me deseabas. —Ella me mira, con la cabeza inclinada hacia un lado.

—¿Qué? —Su mirada me pone nervioso.

—¿Qué tal si lo hacemos ahora mismo? —pregunta. Me pone una mano sobre el muslo y la desliza hacia arriba lentamente. La camioneta se desvía y sujeto el volante con más fuerza.

—¿Qué? No.

Pero se ha deshecho del cinturón de seguridad·y se está deslizando de su asiento.

—Foxfire. No. Vete. Lo digo en serio.

—Nunca te agradecí que me ayudaras —ronronea. Inclinándose hacia adelante, desabrocha el botón de mis vaqueros.

Mi polla salta. Joder, ¿la voy a dejar hacer esto? Estamos en una carretera secundaria en medio del bosque nacional, sin coches a la vista, pero aun así. Las posibilidades de que estrelle el vehículo contra un árbol en el momento en que ella me toque son extremadamente altas.

Sus manos pequeñas tiran de mis pantalones. Me muevo para acomodar sus dedos antes de saber lo que está sucediendo.

Disminuyo la velocidad, pero no hay arcén en este tramo de carretera. Mientras tanto, ella agarra mi polla.

Joder. Esto está sucediendo.

—No puedo —carraspeo. No puedo mantener el control. No puedo conducir la camioneta y tener su dulce boca en mi polla. No puedo evitar follarla como loco. Sujeto su muñeca en un agarre firme, no demasiado apretado. No quiero lastimarla.

—Por favor, hombre grande —susurra, y casi me desvío de la carretera.

Ella me mira desde sus rodillas, sus delgados dedos me acarician la polla.

—Por favor. —Se lame los labios—. La quiero con locura. Déjame darte esto.

Como si cualquier macho vivo pudiera negárselo cuando ruega así. Sus pequeños y dulces pezones están duros mientras suplica por mi polla. Ella se inclina y sopla su aliento caliente sobre mi hombría. Mis bolas se tensan hasta el punto del dolor. Estoy tan jodidamente duro. He estado duro desde que la vi por primera vez.

El camino se ensancha por delante. Gracias, joder. Me detengo y levanto las caderas.

—Está bien. Hazlo.

Ella me saca la polla lentamente. Su pequeña mano apenas abarca todo su grosor.

Pongo la camioneta en el parque y le tomo el cabello. Si hacemos esto, lo hacemos a mi manera.

—Quiero tu boca sobre mí —digo.

—Está bien, papito. —Es tan retorcida que ella me llama así, pero a mi puto lobo le encanta. Él quiere cuidarla, protegerla, mostrarle lo que significa ser su papito, en el sentido dominante del novio, no en el sentido paternal.

Foxfire se zambulle hacia adelante, tragándose mi polla en su boca caliente. La cantidad justa de presión, jugando con la lengua. Es perfecto, pero quiero ver hasta dónde me dejará ir, cómo responderá al lado dominante de mí.

Le tiro del pelo.

—Lame de arriba abajo.

—Sí, papito —respira. Esto es definitivamente una mala decisión. Pero joder, me la ha puesto más dura. Ella me lame con toda su lengua, siguiendo mi dirección. Tiene una pequeña boca ansiosa. Quiero que esto dure el mayor tiempo posible. Pero no lo está poniendo fácil.

—Chúpame —ordeno.

—Mmm… —Succiona con sus labios todo el grosor y tira más vigorosamente, deslizándose por mi falo.

Totalmente sumisa. Mi lobo se está volviendo loco. Quiere marcarla ahora mismo, aquí mismo.

«Ella es la indicada», aúlla.

—Así es, nena, llega tan lejos como puedas.

Traga profundamente y luego se retira, jadeando.

—Buena chica. —Le acaricio el pelo. Dejo que se tome su tiempo antes de que lo intente de nuevo.

Meto una mano en su camisa, empujando su sostén para tomar un pecho. Ella es suave y cálida, sus tetas son del tamaño perfecto para mi puño. Agito mi pulgar sobre su pezón, y ella se desplaza inquietamente.

Le aprieto el pecho.

—Succióname.

Su cabeza se balancea hacia arriba y hacia abajo con

ritmo.

—Eso es, nena. Estoy cerca.

Se aplica con más vigor.

—Toca mis pelotas. Agárralas. —Ella lo hace, acariciándolas ligeramente. Hormiguean y se aprietan.

—Joder, me voy a correr. ¿Estás lista, nena?

Espero para que pueda alejarse, pero sigue chupando frenéticamente.

—Hum —ella está de acuerdo.

Joder. Joder. Mis bolas se aprietan. Las luces explotan detrás de mis ojos.

Foxfire. *Joder.*

Bombeo en su boca. Ella se lo traga y pequeños ruidos codiciosos se le escapan.

—Joder, nena —jadeo—. Ha estado muy bien.

Me sonríe como un angelito con el pelo arco iris revuelto. Sus labios brillan.

Es tan jodidamente hermosa que quiero ponerla en el capó de mi vehículo, abrir sus piernas y devolverle el favor.

—Cuando quieras —dice justo cuando el sonido de una sirena estalla detrás de nosotros. Las luces azules y rojas inundan la camioneta.

La policía. *Joder.*

~.~

FOXFIRE

OH.

Me deslizo en mi asiento limpiándome la boca. Eso fue

tan excitante que podría haber tenido un orgasmo solo chupando su polla. Es una locura.

Tank se cierra los pantalones, todavía maldiciendo. El oficial está saliendo del coche.

—Cinturón de seguridad —ordena Tank mientras prepara su registro y licencia de conducir. Me abrocho el cinturón, preguntándome si resulta obvio, con mis labios húmedos y mi cabello despeinado, lo que acaba de pasar. Lo que sea. Vale la pena.

Pongo mi rostro inocente cuando el oficial se acerca. Con suerte, el matón no se despierta y el policía no decidirá que quiere registrar la caja cubierta de la camioneta.

Solo tenemos que actuar con naturalidad.

—Hola, oficial. —Saludo mientras el policía se inclina hacia la ventana.

La mandíbula de Tank se aprieta, pero no dice nada.

—¿Te encuentras con algún problema, chico? —pregunta el oficial.

—No. —Tank no mira al policía. Su mano se flexiona en el volante. Los ojos del policía se entrecierran mientras mira los tatuajes, los músculos gigantes, la falta de respeto por la autoridad.

—No hay problema en absoluto —trino, alisando mi cabello—. Es totalmente mi culpa que tuviéramos que parar. —El oficial fija sus ojos en mí—. Dejé caer una lentilla de contacto. Es una tontería, pero intenté a buscarla. Y él se detuvo para ayudarme. —Revoloteo las pestañas. El policía mira de mí a Tank y de regreso—. Entonces, es mi culpa. Al principio él no estaba muy feliz —susurro como si estuviera dejando que el policía entrara en un secreto—. Las pierdo mucho. —Me encojo de hombros, inclino la cabeza hacia un lado y me río. Linda, despistada, chica maníaca de ensueño, ¡esa soy yo!

—Necesita mantener el cinturón de seguridad puesto,

señorita.

—Oh, lo sé —asiento con los ojos grandes—. No me dejaba buscarla hasta que se detuviera.

Tank suspira. Veo el momento en que el policía comienza a sentir lástima por él, pero también un poco de envidia.

—De todos modos, está de mal humor —balbuceo—. Le prometí que le cocinaría una gran cena, pero parece que tendremos que ir a recoger comida en su lugar. Tendré que compensarle más tarde. —Otro encogimiento de hombros y risas despistadas.

Ahora el oficial está luchando contra una sonrisa. Mira las credenciales de Tank y las devuelve de inmediato.

—Será mejor que siga adelante ahora.

—Está bien, gracias, oficial. —Asiento, y mi cabello rebota alrededor de mis hombros.

El policía acaricia el costado de la camioneta con la mano.

—Conduzca con seguridad.

—Sí —murmura Tank, no del todo deferente.

—Muchas gracias. —Saludo con la mano lo suficientemente rápido como para agitar mis tetas.

Tan pronto como el oficial está de vuelta en su coche, me pongo en mi asiento. Crisis evitada. No gracias al hosco hombre lobo a mi lado.

—Era lindo —digo mientras Tank regresa a la carretera. Me arroja una mirada que podría convertirme en piedra.

Solo sonrío.

—Pero no realmente mi tipo. —Retiro mi mano de su muslo, acariciando el músculo duro a través de sus jeans.

Sacude la cabeza.

—Nena, eres un gran problema.

—Mmm. ¿Me vas a castigar?

Me mira incrédulo, como si fuera demasiado pronto para que yo haga bromas. Sus ojos se deslizan hacia abajo. Mis copas de sujetador todavía están debajo de mis tetas, empujándolas hacia arriba en un buen escote. Las correas se han deslizado hasta casi la mitad de mis brazos.

No es de extrañar que el policía nos dejara irnos fácilmente.

—*Definitivamente* te estoy castigando, nena. —Su tono me hace temblar.

Voy a ajustar mi sujetador, y Tank gruñe:

—Déjalo.

Muy bien, entonces. Algo me dice que sea cual sea el *castigo*, va a ser ardiente. Incluso si Tank puede ser un poco aterrador. No estoy preocupada.

Además, su expresión de dicha cuando entró en mi boca... valió la pena.

CAPÍTULO SEIS

Tank

ME DETENGO BREVEMENTE, para dejar al matón durmiente en el bosque detrás de una gasolinera. Dejo algo de dinero extra en la cartera del hombre y lo apoyo contra un árbol.

Foxfire está tranquila mientras giro la camioneta en dirección al último paradero conocido del remolque de su madre.

No puedo entender cómo logra que haga cosas tan locas. Como dejar que me succione la polla mientras conduzco. Con un ejecutor de la mafia en la caja de la camioneta. Y con un policía que sospecha algo y está listo para requisarnos.

Es un maldito milagro que yo no esté en una celda de la cárcel en este momento por secuestro y agresión. Mi papá siempre me advertía: «Las mujeres son nuestra perdición. Grábate mis palabras, hijo, para que no te enteres de la manera difícil». No mencionó cómo aprendió de la manera difícil. No tenía que hacerlo.

—Ahí está. —Foxfire se sienta recta, señalando el remolque en forma de bala plateada en el borde de la tierra forestal nacional—. Pero su vehículo no está allí, así que no creo que esté en casa.

—¿En serio? —murmuro. El remolque tiene un campo de amapolas pintadas en su costado. Por supuesto, las amapolas son hermosas, muy intrincadas y artísticas, pero aún así. La madre de Foxfire es una *hippie* total. Ahora sé de dónde sacó Foxfire la locura.

—¿Qué pasa? —pregunta ella.

—Nada. ¿Cuánto tiempo ha estado aquí?

—Unos años. A ella le gusta la energía. —Foxfire va a abrir su puerta, pero le pido que se detenga.

—Espera aquí, nena.

Por una vez, ella no dice nada.

Me acerco con cautela, olfateando el aire. Incienso, lavanda o algunos otros aceites *hippies*. Olores humanos normales, mezclados con el aroma del desierto. Pero algo más. Ceniza de cigarrillo.

—¿Tu mamá es fumadora? —pregunto cuando vuelvo a la camioneta.

—¿Quieres decir que si consume marihuana?

—Tabaco.

—De ninguna manera.

—¿Cuándo la viste por última vez?

Foxfire piensa un poco…

—¿Tal vez el Día de Acción de Gracias pasado? O el año anterior. Espera, ¿qué año es?

—No importa.

Abro su puerta.

—Gracias. —Sus mejillas se colorean. Sus pezones presionan contra su camisa. Tengo que conseguirle ropa más gruesa. Nadie debería ver ese dulce cuerpo, excepto yo.

No es que la esté reclamando.

Ella saca una chaqueta de su bolso y se la pone. Todavía lleva sus pantalones minúsculos, por lo que se ve completamente ridícula. Y atractiva.

A medida que nos acercamos al remolque, la puerta abierta rechina.

—¿Mamá?

Levanto mi mano para detenerla.

—¿Suele dejarla abierto de par en par?

—Por lo general, no, pero rara vez la bloquea. Dice que cualquiera que le robe lo necesita más que ella. —Foxfire se encoge de hombros—. No posee mucho.

Montones y montones de móviles de campanillas y atrapasueños cuelgan del toldo y en los árboles alrededor.

Entro. El lugar es un desastre. No solo está desordenado, sino destrozado. Estoy a punto de preguntarle a Foxfire si esto es típico de su madre, cuando suelta un sollozo.

—¿Mamá?

Buscamos, pero no hay nadie allí. Trato de obtener un aroma del lugar, pero está demasiado obstruido con el olor a salvia quemada. Toso y salgo para despejarme la cabeza. Ahí es cuando noto lo que hay en la tierra al lado de la puerta.

Huellas de botas.

—¿Tu mamá sale con algún hombre? —pregunto a Foxfire cuando sale—. ¿Alguien que fuma?

—Nunca saldría con un fumador. Ella odia el tabaco.

Le muestro las huellas y la ceniza del cigarrillo.

—Alguien ha estado aquí.

—Vinieron por ella, como vinieron por mí. Ella está en problemas, Tank. Lo sé.

—Tal vez no. Dijiste que su coche no está aquí, ¿verdad? Tal vez se esté escondiendo en algún lugar. —

Envuelvo mis brazos alrededor de ella. Quiero consolarla, pero todo lo que puedo pensar es en cómo Foxfire está conmigo, a salvo, cuando de otra manera estaría en peligro.

Me toma un momento darme cuenta de que ella está empujando mi pecho.

—Déjame ir —dice, y toma todo el espacio que le doy. Se envuelve los brazos alrededor de sí misma y se aleja.

Maldita sea, ella me culpa. Evité que recibiera la llamada telefónica de su madre anoche.

—¡Foxfire! —Corro para atrapar su brazo, pero lo retuerce fuera de mi alcance.

La libero, la dejo escabullirse. No quiero lastimarla. Quiero consolarla.

—Déjame en paz —espeta, y corre hacia los pinos.

—Foxfire, ¡no! —Uso cada ápice de comando alfa que puedo reunir. No puede convertirse en zorra. Aquí no, hay coches que se acercan a solo unos metros de distancia.

La encuentro frente a un árbol, con los puños cerrados.

—Vamos —susurra—. ¡Vamos!

Está llamando a su zorra, pero su animal no le dará la liberación. No hasta que yo lo permita.

—Foxfire, está bien. La encontraremos.

—Es mi mamá. Ella es la única familia que tengo. Si le pasó algo, no tengo a nadie. Nadie. Estoy sola.

—Silencio. —Tiro de ella hacia mis brazos, la levanto para llevarla de vuelta a la camioneta. Sin pensarlo, la beso en la sien—. Me tienes a mí.

~.~

FOXFIRE

. . .

Veo el remolque de mamá desaparecer detrás de nosotros mientras nos alejamos. Hace frío, pero no es la razón por la que estoy temblando.

No pude transformarme. Mi zorra está dentro de mí, esperando, pero no salió y no me dejó escapar de mi pánico por un momento.

Vaya sorpresa. Soy un monstruo humano, entonces, ¿por qué no saldría mi zorra? Foxfire, una cambiante que ni siquiera puede cambiar.

Apenas me doy cuenta hacia dónde conduce Tank hasta que aparca en un camino forestal. No estamos en Flagstaff o cerca de la civilización.

—Vamos —dice.

—¿A dónde vamos?

—Vamos a correr.

—¿Aquí? ¿Ahora?

—Este es un bosque nacional.

—Es casi el anochecer.

Se quita la camisa y la tira en el asiento delantero.

—Correremos a la luz de la luna. —Se quita los pantalones vaqueros. Mi boca se seca—. ¿Vienes? —Tank está casi desnudo.

—Primero debes quitarte la ropa, Tank. Menos desgaste. Confía en mí. —le digo con una pequeña sonrisa.

Hace frío en el aire fresco de la primavera.

—Ven aquí, nena. —Me arropa en sus brazos.

Es tan fuerte y cálido. Súper cálido. Después de un minuto, me relajo en él.

—Ahí lo tienes, nena —murmura.

Cierro los ojos y me fundo en sus fuertes brazos. Una barrera entre el mundo y yo. Una chica podría acostumbrarse a esto. Si soy inteligente, no lo haré.

—¿Lista?

—No puedo. No puedo hacerlo.

—Lo sé. Te detuve allí con el comando alfa. Estabas en pánico y no era una buena idea. Pero estamos a salvo aquí.

A salvo. Con Tank.

—No consigo cambiar... No sé...

—Llámala, nena. Llama a tu zorra. Solo relájate.

—¿Qué pasa si no aparece?

—Lo hará. —Sumerge la cabeza y me besa. Cuando sus labios se retiran, sus ojos brillan en ámbar—. *Ahora, Foxfire.* —Su voz tiene la misma autoridad que usó antes.

Mi cuerpo se estremece ante la orden, y él se aleja.

El mundo cambia. El frío y mi carne entumecida se arremolinan. Quedo en cuatro patas, bajo al suelo, pero me siento bien.

Parpadeo ante el lobo negro gigante con los ojos amarillos frente a mí. Trota y me lame el hocico hasta que el hormigueo desaparece. Doy un paso, dudo. Tank empuja mi costado.

Y nos vamos. Corriendo. A veces Tank está a la cabeza, a veces está detrás de mí.

Corro, pero doy muchos pasos para alcanzar una única zancada suya.

Encuentro algunos lugares estrechos para esconderme, pero él me expulsa.

El sol muere y la luna sale. El frío muerde mi pelaje, pero me siento bien. Me dan ganas de cazar y darme un festín antes de excavar y acurrucarme en mi guarida.

El lobo corre a mi lado, chocando ligeramente contra mi hombro. Quiere que regrese. Lo esquivo y sigo corriendo. Me derriba, se para sobre mí. Su gruñido retumba a través de mí.

Ruedo sobre mi espalda, inclino mi cuello, ofreciendo mi lado vulnerable en sumisión. Me lame la cara y levanta la cabeza. Con un gemido, se transforma en un hombre, todavía agachado sobre mí.

—Vamos —dice—. De vuelta a la camioneta.

Todavía sigo en forma de zorra, me levanto sobre mis patas. Por un segundo, considero lanzarme a la oscuridad. No podría perseguirme.

Una mano grande agarra mi desaliñado cuello y grito. Tank me levanta y me fija con una mirada dominante. Cuelgo como un muñeco.

—De vuelta a la camioneta —ordena de nuevo, y me deja en cuatro patas.

Troto a su lado obedientemente y salto a la caja de la camioneta cuando la abre. Después de ponerse sus jeans y colocar una manta sobre el metal frío, se sube detrás de mí.

—Cambia, Foxfire —ordena, y mi cuerpo obedece. Por un momento brutal, el mundo se contorsiona, cada centímetro de mí cambia con una conmoción de dolor repentino que se va casi tan pronto como llegó. No había notado el dolor la última vez. Cuando se va, me acuesto sobre la manta, mis extremidades se sacuden con la sensación.

—Estás bien, nena —murmura. Estoy agradecida. Mi piel es muy sensible.

Saca una porción de carne, sosteniéndola para que yo la muerda. Me entrega una botella de agua y termina de vestirme mientras bebo.

Finalmente, encuentro mi voz.

—Tengo frío —digo. Y me estremezco.

Pone mi ropa a mi lado y me arrastra a sus brazos.

—Lo hiciste bien, nena.

Veinte minutos más tarde, estoy sentada en una mesa de picnic en el interior de un lugar de barbacoa, mientras Tank ordena la comida. Regresa con suficiente cantidad para seis personas, incluidos recipientes adicionales de carne.

Me sirvo uno inmediatamente, me lo devoro sin molestarme en agregar salsa. Mi zorra está feliz. Tank sigue su ejemplo y toma un recipiente de carne. Luego continúa con un bocadillo y tira el pan. Si alguien está mirando, debe de pensar que somos excursionistas medio hambrientos con una loca dieta alta en proteínas.

Tank abre el último recipiente y mis ojos se iluminan ante la tira de costillas. Espera hasta que me haya servido antes de hacer un gesto para que le deslice el recipiente. Él lo recoge, despoja el resto de su carne y roe los huesos mientras yo me lamo los dedos, contenta.

—Estoy llena —le digo, y él da un gruñido de satisfacción. Me observa mientras remata las costillas y tengo la sensación de que quiere devorarme.

Feliz escalofrío.

Voy a lavarme las manos y a servirme más bebida. Cuando vuelvo, me atrapa a su lado. Se sienta a horcajadas sobre el banco, tirando de mí para que mi espalda quede de frente a él. Protesto un poco cuando me roba un sorbo de mi bebida, pero sobre todo me inclino hacia atrás, contenta.

A través de una ventana, se ve una luna hinchada en un cielo repleto de estrellas.

Tank es grande y sólido detrás de mí. Su mano se desliza distraídamente por mi vientre. Me gusta mucho abrazarme con él.

—Nunca hubiera pensado que fueras tan demostrativo —le digo.

—Mmm. Es una cosa de lobos.

Sonrío.

—Sí, claro.

—*Nos* gusta el tacto —continúa Tank, hablando en voz baja porque hay gente alrededor. Me emociona estar incluida en el *nosotros*.

—Nunca he estado tan abrazada con nadie.

—Nunca has estado cerca de tu especie.

—¿Alguna vez podré hacer el cambio por mi cuenta?

—Con un poco de práctica, estarás bien. Esto es más difícil para ti, porque no fuiste criada alrededor de tus parientes.

—Me alegro de tenerte, Tank.

No dice nada.

«¡Ay!».

Correcto. Puede que esté conmigo en este momento, pero no me hace promesas.

Mi estómago se aprieta, pero me encojo de hombros. Solo disfrutaré del momento.

—Me estoy divirtiendo esta noche —le digo.

Gruñe.

—Eres una zorra tan traviesa como tu lado humano.

Le sonrío.

Sacude la cabeza, los labios se le arquean.

—¿Me vas a castigar?

—Sí.

¡Genial!

CAPÍTULO SIETE

Foxfire

Encontramos un hotel en la ciudad.

—Espera aquí —dice Tank y se dirige al vestíbulo. Me estiro y me bebo el resto del agua.

Mi puerta se abre y Tank me ofrece su mano.

—Es hora de salir, nena —murmura. Su voz es sexi, profunda. Quiero envolverlo alrededor de mí como una manta. Me encanta que me llame *nena*, casi tanto como me gusta ver el conflicto en sus ojos cuando le llamo *papito*. Es una parte de pura lujuria, una parte de conmoción, una parte de culpa.

—Tengo que hacer una llamada —dice Tank mientras abre la puerta del vestíbulo—. ¿Vas a ser buena y a quedarte quieta?

—Por ahora. —Le disparo una sonrisa astuta. Volteo mi cabello hacia atrás y saco algunos trozos de hierba de allí—. Me quiero limpiar, de todos modos.

Él asiente y me deja . Decido irme a toda velocidad, me doy una mini ducha y luego me peino cuidadosamente.

El hotel tiene una temática antigua, con fotos de pioneros y algunas ruedas de vagones colgadas en la pared.

Veo la cama solitaria. Es resistente, hecha de auténtica madera, solo le falta una colcha. Debería ofrecerme para conseguir una habitación separada, pero no puedo sugerirlo.

Tank regresa con su bolso negro y lo coloca en el suelo mientras empuja la puerta para cerrarla con el pie. Se frota la cara y luego se quita la camisa.

De repente, estoy completamente despabilada.

Maldición.

—¿Son todos los hombres lobo tan musculosos?

Tank mira su impresionante constitución antes de agarrar una botella de agua y beberla.

—Sí. Nuestro metabolismo lo hace.

—Deberías convertir Eclipse en un club de *striptease* masculino. Ganarías mucho dinero.

Tank frunce el ceño.

—Solo era una sugerencia. Yo trabajaría allí... gratis —digo.

—No vas a mirar a ningún otro lobo —gruñe—. No mientras estés conmigo.

Parpadeo. No me di cuenta de que estaba con él, pero me gusta cómo suena.

—Por ejemplo, no me gusta cómo coqueteaste con ese policía esta tarde. Eso es un gran «no» —continúa.

Escondo una sonrisa fingiendo inocencia.

—Pero...

—Lo digo en serio. —Su severa mirada diciendo *traviesa Foxfire* me hace temblar.

Los hombres lobo son posesivos. Es bueno saberlo.

—De hecho, si coqueteas con cualquiera frente a mí te ganas un castigo.

Me lamo los labios.

—¿Ese castigo me va a gustar?

Sus labios se contraen.

—Sí, nena, te va a encantar. Eres sumisa de pies a cabeza.

—¿Cómo lo sabes?

Su voz se hace más profunda.

—Puedo oler tu excitación desde aquí. —Tank se pasea viniendo lentamente hacia mí.

Me siento en el borde de la cama y aprieto las piernas para aliviarme.

Cuando me alcanza, agarra mis dos rodillas y las abre de par en par. Mira fijamente el vértice de mis muslos como si pudiera ver a través de mis pantalones cortos de jean. Los pantalones cortos que debería haber dejado en Tucson, porque me he estado congelando el trasero en la altitud superior de Flagstaff.

Caigo hacia atrás sobre mis codos. Mis senos se levantan y bajan con mi respiración jadeante.

—¿Qué hay con eso? —susurro.

Se agacha y se pone al nivel de las costuras de mis pantalones cortos. Se apoya y usa sus dientes contra mis partes más sensibles.

—Este *coño* está mojado en este momento solo porque te estoy dando órdenes. ¿No es así, nena?

—Sí. —Lo digo en una exhalación, así que suena como un jadeo.

Él se pone de pie, empujando mis rodillas hacia atrás para que lleguen hasta mis hombros. Me acuesto boca arriba, ofreciendo la mercancía como un cachorro sumiso. Me mira con ojos brillantes de color ámbar.

—Muéstramelo.

—¿Qué?

—Me escuchaste. Quiero ver ese coño rogando por su castigo.

Dios mío. ¿Simplemente personificó mi coño?

Estoy más que encendida. Hay un sonido vibrante en mis oídos; mi visión se está volviendo borrosa. Voy a tientas con el botón de mis pantalones cortos.

—Buena chica —ronronea Tank.

Muevo la tela por mis piernas.

—¿Estás...? ¿No llevas ropa interior? —pregunta con voz estrangulada. Aparentemente no se dio cuenta cuando nos desnudamos para transformarnos. Él se hace cargo cuando mis pantalones cortos están a la mitad del muslo, tirando de ellos el resto del camino.

—No me gusta la ropa interior.

—Debería castigarte solo por eso, chica traviesa. Manteniendo ese coño desnudo tan cerca de mí todo el día.

—Eso no tiene sentido, chico lobo.

—Eso es todo, pequeña zorra. —Saca su antebrazo de debajo de mis dos rodillas y me las abre hacia arriba y hacia un lado. Estoy confundida hasta que su mano da palmadas en mi sexo ahora expuesto. Chillo. Me da algunas palmadas más, una a cada lado y otra en el medio.

«¡Santa madre de Dios!» En esta posición, puede azotar no solo mi culo, sino también mi coño, que sobre sale entre mis piernas.

Sus labios se arquean, y sé que ha notado la humedad que se filtra de mi parte zorra. Roza su pulgar ligeramente sobre ellos.

Me sacudo, con cada terminación nerviosa encendida y sensible.

—¿Estás empezando a ver cómo funciona esto, pequeña zorra? —pregunta mientras acaricia mis partes.

Estoy olvidando mi propio nombre.

—¿Cómo funciona qué?

—¿Quién está en control aquí? ¿Y quién está en sumisión? —Él golpea un glúteo un par de veces más, pero está mucho más interesado en hacerme temblar y temblar mientras roza la zona entre mis piernas.

—No estoy lista para conceder nada. —Mi voz suena temblorosa y, teniendo en cuenta mi posición, no me parece que se lo crea—. Yo todavía tengo derechos.

—¿Qué derechos? —Sonríe—. Soy más grande que tú.

—Eso no es justo.

—Así es como funciona. Te trataré bien, nena. Si te doy órdenes, es para tu protección, no porque tenga un férreo control. Los lobos dominantes quieren proteger a los débiles.

—¿Entonces quieres protegerme?

—Tengo que protegerte. Es una compulsión.

La decepción carcome mi bruma de lujuria. Es lo que me temía: él no quiere estar aquí conmigo, solo lo ata el honor.

—Entonces, cuando doy una orden, obedeces.

—Sí, papito. —Mi tono es un toque sarcástico.

Levanta mis rodillas más alto y da varios golpes más intensos esta vez.

Grito.

—¡Tank!

—Está bien, nena. Toma tu castigo, yo te cuidaré.

—Por favor —jadeo cuando golpea particularmente fuerte. No es que no pueda soportarlo, pero estoy súper encendida y no sé muy bien qué hacer.

—¿Vas a ser una buena chica?

—Sí, por favor. Seré muy buena.

—¿Vas a hacer lo que diga?

—Sí, hombre grande.

—Joder —murmura. Su polla sobresale en sus vaqueros. No soy la única que está excitada.

Él deja de darme nalgadas, pero apoya su mano en mi trasero, apretando distraídamente.

—Joder —repite—. No puedo creer que no estés usando ropa interior.

Frota su pulgar sobre mi carne resbaladiza hasta que encuentra el punto dulce. Él usa un toque más ligero a lo largo de mi coño inflamado. Respiro y se detiene.

—¿Te lastimé?

—Uh, no. Es simplemente que… —Soy muy sensible. Estuve trabajando tan concentrada, durante demasiado tiempo, que mis partes de zorra se han oxidado. Ha pasado mucho tiempo.

—Nena —murmura y baja mi trasero de vuelta a la cama, soltando mis rodillas.

Cuando trae sus dedos de vuelta entre mis piernas, atrapo su mano, presionando mis dedos encima. Le muestro cómo me gusta, no es que no parezca capaz de resolverlo todo y más por su cuenta.

—Por favor, no te detengas —digo.

—No me detendré. —Su voz suena aún más grave de lo habitual—. Juega con tus pechos —ordena.

Entrego mi coño a su cuidado y deslizo mis manos hacia arriba dentro de mi camiseta, debajo de las copas de mi sujetador. Imaginando que mis dedos son suyos, pellizco mis pezones, tirando de ellos, llevando un poco de dolor con el placer.

Pierdo las inhibiciones y me empujo hacia él.

—Eso es —murmura—. Toma lo que necesites

—Joder —jadeo—. Me voy a correr. —Sacudo mis caderas con más fuerza, rechinando contra sus dedos mientras el orgasmo me inunda.

—Quédate donde estás —ordena Tank, de pie. Me

extiendo ante él, mis piernas se abren. Me tira hasta el borde de la cama. Envuelvo mis piernas alrededor de él mientras empuja sus jeans hacia abajo lo suficiente como para sacar su polla y levantarla lentamente.

—Tank...

—Tócate a ti misma.

Mi mano se arrastra entre mis piernas, y hago lo que él me ordena.

—Dime cuando estés cerca. —Me atrapa el tobillo. Extiende las piernas aún más—. Dame un espectáculo.

Mi cabeza retrocede ante eso. Joder, obedecerlo es tan excitante.

—Tank.

—¿Estás cerca?

Asiente.

—Detente y ábrete la camisa. Te voy a marcar. No permanentemente, solo con mi simiente.

No sé qué significa permanentemente, pero maldita sea, suena lujurioso. Me despojo de la camisa y el sujetador y me acerco al borde de la cama.

—Tócate de nuevo.

Lo hago, manteniendo mis ojos en su enorme polla. Su mano se envuelve alrededor de ella, pero la mía apenas podía hacerlo.

La excitación me apuñala y gimo.

—No te corras. Todavía no —gruñe.

—Por favor....

Él se libera más rápido.

—Lo digo en serio, nena. Si acabas antes que yo azotaré tu dulce coño.

De repente, estoy cerca, demasiado cerca. Justo al borde del abismo.

—¡Tank!

Da un profundo gemido. Vuelvo a la cima del placer mientras esparce su semen sobre mi cuerpo.

—Joder —jadeo.

—Joder —dice de acuerdo.

Me río, pero él está serio mientras extiende la mano y esparce el resto de su simiente sobre mis senos.

—Bien, nena. Quédate.

Me extiendo en la cama mientras él se dirige al baño. El grifo corre, y él regresa con un paño y me limpia. Huelo a él. Me encanta.

Empiezo a levantarme, pero él me detiene.

—Quédate.

—Quiero agua. —Parece que tengo sed todo el tiempo ahora que he encontrado mi lado de zorra.

—La conseguiré.

Me siento de todos modos, aunque solo sea para admirar al hombre que me acaba de dar el mejor orgasmo de mi vida. Él regresa y yo bebo el agua, luego pruebo a caminar con mis piernas tambaleantes en el suelo. Estoy relajada, como si hubiera tenido un masaje de cuerpo completo. Con nalgadas y orgasmos. Milagroso.

Tank se limpia frotándose una toalla húmeda sobre la cara y el cuerpo. Sé que esto es solo un juego, pero no puedo evitar imaginar cómo sería despertarse junto a este tipo todas las mañanas. Sin mencionar ir a la cama con él todas las noches.

Es posible que no salga de la cama.

Pero ha dejado bastante claro que no está interesado en una relación. Y él simplemente y a propósito no fue hasta el final conmigo, lo que significa que se está conteniendo por una razón.

—Oye. —Toco su pierna con mi pie—. ¿Pueden los lobos embarazar a las zorras? —Es mi viejo mecanismo de defensa. Decir aquello que los hará huir. Funciona.

Se queda quieto.

—Es broma —digo rápidamente, pero es demasiado tarde. Cuando se gira, su expresión está en blanco.

—Foxfire...

—Tank, sé que todo esto es por diversión. —Parece molesto porque le he interrumpido, pero sigo adelante—. Sin condiciones. No espero nada a largo plazo.

Me observa con atención. Los hombres lobo pueden oler mentiras. Bueno, no estoy mintiendo. Extiendo mis manos y le explico cómo me siento.

—Me estoy recuperando de una ruptura, ¿recuerdas? Acabo de romper con... con... hum... —¿Cómo se llamaba? Tomo asiento parpadeando ante Tank por un momento, llenando un espacio en blanco hasta que, finalmente, lo recuerdo—. Con Benny. Estuvimos juntos durante dos años, así que... Sí, eso es mucho tiempo. Mientras que esto... —Sacudo mi mano entre nosotros—. Esto es solo por diversión.

Contengo la respiración, esperando que él lo confirme o lo niegue. Esto no es más que una aventura pasajera... ¿Lo es? Incluso si nuestra química es explosiva, y estoy empezando a confiar en él.

~.~

Foxfire

Sueño con correr por la hierba larga, persiguiendo algo pequeño y sabroso. La imagen se completa con un sándwich de la barbacoa. Una trampa obvia. Olfateo y finalmente me abalanzo. En el último minuto, miro hacia un gran lobo malo que se cierne sobre mí...

Me sobresalto. Es temprano, pero dormí bien y estoy completamente despabilada.

Tank se acurruca a mi alrededor, una parte bastante grande de su anatomía ha quedado hincada en mi trasero. No recuerdo haberme quedado dormida, o acurrucado en sus brazos. Él debe de haberme acercado después. ¿A menos que ya se haya despertado?

Froto mi espalda contra él. Imposiblemente, su polla se hace más grande y dura.

Ruedo y la tomo con la mano.

—Estoy cachonda —le digo.

Sus ojos marrones revolotean sobre mí, sus rasgos lucen un poco más tiernos y soñolientos. Hermosos, pero un poco más accesibles.

Sonrío con todos los dientes.

—¿Puedo chuparte? —ofrezco.

Una pausa, y luego él se mueve súbitamente. Me da la vuelta sobre mi espalda.

—No quiero tu boca —gruñe, y extiende mis piernas. Su cabeza baja a mi sexo.

Me lame dando pasadas largas y duras que me llevan hacia la ciudad *Orgasmo Town*.

—¡Tank! —canturreo con las rodillas balanceándose en el aire—. ¡Oh, Tank, oooh! —A medida que el placer fluye a través de mí, él lame cada pedacito de mí, luego sube y presenta su polla. *Ahora* quiere mi boca. Muevo la cabeza para chupar todo lo que me deja.

Se inclina hacia la cabecera y se aleja de mí, enrollando un condón sobre su gigante falo, perfecto y rígido.

Gracias, madre mía.

Me levanta y apoya mis piernas sobre sus hombros.

Cuando pone la corona de su polla en mi entrada, estoy casi doblada por la mitad.

—¿Lista? —Su mirada se extiende sobre mí. Su cara ya no está en blanco sino acalorada, revelando un creciente interés.

—Sí. Dios, sí. —Agarro la colcha.

Se estrella contra mí, sin contención, sin calentamiento. Estoy empapada. Mi cabeza vuela hacia atrás mientras me perfora, pero es perfecto. Se retira y lo hace de nuevo, la fuerza me mueve por la cama. Levanto la mano y agarro la cabecera.

—Eso no es todo, nena. Espera.

Me folla con fuerza, castigándome con estocadas que me acercan al orgasmo. Conduce rápido.

—Aférrate, nena.

Me agarra las piernas. Me equivoqué, él se estaba conteniendo, golpeando mi mitad inferior. Su polla gigante llena cada pedacito de mí. Mi orgasmo explota, listo para envolverme.

—Espera el permiso —me recuerda.

—Por favor, oh, por favor...

—No. —Me aprieta—. Espera.

—Tengo que... —protesto, mi orgasmo está tan cerca que puedo extender la mano y tomarlo.

—Ahora, nena. —Y me libero convulsionando, el cuerpo ardiendo como si hubiera sido alcanzada por un rayo.

~.~

Tank

. . .

JODER. Foxfire se deshace debajo de mí, su coño sufre espasmos y me presiona. Ella está apretándome tan fuerte que parece que estuviese tratando de arrancarme la polla.

—Eso es todo, nena. —Hago rodar su pezón entre mi pulgar y mi dedo, pellizcando un poco, y grita de nuevo.

Salgo de ella y me doy la vuelta, admirando el ligero enrojecimiento en su culo. La cubro con mi cuerpo, arrastrándola cerca con un brazo alrededor de su centro.

—¿Sabes lo que les pasa a las zorras traviesas? —pregunto.

Ella todavía está gimiendo en las garras del orgasmo:

—Se las folla duramente.

La embisto por detrás. Está tan mojada que toco fondo de inmediato. Sosteniéndola con fuerza, escuchando el más mínimo sonido de incomodidad, cuidando de girar mis caderas y llenar cada parte de ella.

Levanto una de sus piernas y envío mi polla más profundamente. Joder. Quiero vivir dentro de ella. Hago una pausa para deslizar mi mano por delante, entre sus piernas. Sus espasmos en su interior cuando encuentro su clítoris son maravillosos.

—Oh, no, Tank, por favor. Es demasiado.

—Disfruta, nena —gruñe—. Libérate todo lo que quieras. —Aparto mi mano y la vuelvo a girar. Quiero verla con la cara enrojecida, el pelo recogido, los ojos grandes llenos de estrellas, mirándome como si yo mismo fuera un héroe. Ella no me decepciona. Tiene esa mirada lujuriosa de recién follada, pero sus ojos se abren ansiosamente a los míos y se muerde el labio. Quiere más.

Me inclino sobre ella, poniéndola en posición. Cierro mis dientes sobre su pecho y raspo mis dientes sobre su pezón un par de veces antes de levantarme para darle lo que necesita.

Estoy medio fuera de la cama, de pie solo sobre mi

pierna derecha, una rodilla clavada en la colcha. Agarro sus piernas y la levanto para que me encuentre. Ella envuelve sus piernas alrededor de mi zona media.

Vuelvo a envestirla duramente. Con cada empuje, la cabecera va golpeando, golpeando y golpeando la pared.

—Espera —ordeno, y ella vuelve a alcanzar la cabecera, no lo hace del todo.

—Tank —se queja—. Estoy llegando…

—Ven por mí, nena —ordeno y me arraigo profundamente. Mi polla palpita mientras va llenando el condón, desearía por un segundo que estuviera vaciándose en su coño, enterrar mi semilla en lo más hondo de ella. Debería llevar mi marca, llevar a mis cachorros.

Me paso una mano por la cara.

Joder. Menos de cuarenta y ocho horas, y estoy rendido. Foxfire es una droga, y soy adicto.

Nos lavamos con cuidado.

Foxfire se mueve alrededor de la habitación tocando elementos aleatorios y hablando suavemente consigo misma. Me imagino a la manada presenciando un momento como este. Dos cosas suceden a la vez. Mi corazón se aprieta con una oleada de protección y afecto por la princesa de La La Land. Y la veo a través de los ojos de ellos, la chica loca que hace que Tank pierda su buen sentido y su lugar en la manada. Al igual que mi papá lo hizo por mi mamá. ¿Estoy listo para esa consecuencia? Joder, no. Pero la idea de dejarla es como el peso de una roca gigante aplastando mi pecho.

—¿Tank? —grita, y estoy a mitad de camino del baño antes de que termine su oración.

—Necesitas ver esto.

Se agacha junto a la cama.

Saco el cepillo de dientes de mi boca.

—¿Qué? ¿Qué es?

Foxfire mira hacia arriba con una expresión culpable.

—Aquí —gesticula. Me lleva alrededor de la cama para ver qué pasa.

—¿Qué ocurre?

Foxfire pone su mano sobre la cabecera.

—Aquí mismo. —Una grieta en la madera. El listón está caído—. Rompimos la cama.

Pone su mano sobre ella y la madera cruje. Una esquina se ve más baja que el resto. La ropa de cama está esparcida a mitad de camino a través de la habitación. El cuadro sobre la cama cuelga torcido. Sus ojos bailan con alegría.

Esto es lo que me ha hecho. Parece que un huracán acaba de arrasar con mi vida ordenada y respetuosa, llena de reglas.

Empacamos y salimos del hotel, dejando un fajo de dinero en efectivo en el edredón para las roturas. Es mejor que la madre de Foxfire haga una aparición pronto porque no puedo quedarme en Flagstaff toda la semana. Incluso si ya me estoy muriendo por otra sesión de sexo con Foxfire. Pero no puedo seguir reclamándola como si ella fuera mía.

Demonios, si solo supiera cuánto quería marcarla en esa cama. No marcarla con mi simiente, sino con mis dientes, convertirla en mi compañera de por vida. Lo que significa...

Mi lobo ha caído, ha caído con fuerza.

Entonces, ¿por qué tengo este temor subyacente de involucrarme con ella?

Cierto, sí. Por mi mamá.

CAPÍTULO OCHO

Tank

—Está bien, averigüemos dónde está tu mamá —le digo mientras me meto en un restaurante. Todavía no son ni las nueve de la mañana.

—Su vehículo no estaba en su remolque.

—¿Dónde trabaja? —pregunto mientras aparco y salgo.

—Ella enseña arte en un centro comunitario y hace joyas y otras artesanías para vender a los turistas. Atrapasueños, móviles de campanillas, cosas así.

—¿Se gana la vida haciendo eso?

Foxfire se encoge de hombros.

—Para ella es suficiente. Nunca ha tenido un trabajo. Pero, de la forma en que vive no necesita mucho. —Nos sentamos y abrimos nuestros menús.

—Los matones que destrozaron su lugar, probablemente la asustaron. ¿Tiene amigos con los que podría haber huido?

—No tengo ni idea. ¿Podrías tal vez olfatearla —deja caer su voz— en forma peluda?

—¿En público?

Ella se encoge de hombros y dice:

—Podría conseguirte un collar y una correa.

—No.

—¿Tienes alguna idea mejor?

—Exploraremos a pie. Es bueno que aprendas a usar tu nariz para rastrear, de cualquier forma.

—Suena bien. —Pedimos y llega la comida, y ella se abalanza en su plato. Ambos recibimos pedidos adicionales de carne.

Debajo de la mesa, el pie de Foxfire descansa sobre el mío. Cuando termina su comida, deslizo su salchicha sobrante en mi plato y me la como.

Su pie sube deslizándose por una costura, descansando sobre mi entrepierna.

—Cuidado —le gruño.

Ella solo sonríe, la dulce curva de sus labios hace que mi polla se ponga dura. Zorra traviesa.

Le pregunto a la camarera si a la cocinera no le importaría hacer algunas hamburguesas para llevar, a pesar de que aún no es la hora del almuerzo, y después de que las trae, las pongo en la camioneta. Cuando me doy la vuelta, Foxfire se dirige hacia un mercado de artesanías y agricultores. Es bastante temprano y está escasamente atendido. Los puestos aún se están configurando.

—Ella solía vender aquí. Les voy a preguntar si ha estado hace poco —dice Foxfire cuando me acerco, gruñéndole por haberse ido sin mí.

Pregunto primero.

—Disculpe. ¿Sabe dónde tiene Sandra Hines su puesto?

El hombre frunce el ceño.

—Sunny —agrega Foxfire—. Se hace llamar Sunny. Mi novio aún no la ha conocido. —Ella me agarra de la mano, y la mirada de sospecha del hombre desaparece cuando Foxfire agrega—: Es mi madre.

—Oh, sí, Sunny. Por lo general, ella se establece allí. Sin embargo, no la he visto desde el viernes.

—Gracias. —Foxfire trata de ocultar su decepción, pero puedo ver la devastación en sus ojos.

Joder. Tenemos que encontrar a su madre.

~.~

Foxfire

Hacemos una ronda por el mercado. Me encuentro con tantos dueños de los puestos como puedo. Todos están de acuerdo en que mi madre a menudo aparece para vender allí, pero no todos los días. Les doy mi número de móvil y les pido que me llamen si la ven.

Nos tomamos un descanso para entrar en una tienda de teléfonos móviles. Tank me compra uno para reemplazar el que aplastó.

—¿Y ahora qué? —pregunto cuando salimos de la tienda y nos dirigimos a la camioneta. Bajo la voz y espero hasta que pasen algunos turistas antes de murmurar—: ¿Quieres hacer la cosa de las cuatro patas?

—No estoy seguro de que eso ayude. Tu mamá ha estado por toda esta ciudad. Su aroma está aquí. Además, ahora tienes un teléfono. Si uno de sus amigos la ve, te llamará. —Tank pone la camioneta en marcha—. Intentemos en su casa de nuevo, a ver si olfateamos alguna pista.

De vuelta en el remolque, él se transforma. Mantengo vigilancia mientras un enorme lobo negro olfatea con cuidado. Es increíble lo grande que es. Simplemente descomunal. Los lobos reales son bastante grandes, pero él es más alto que ellos por una cabeza.

Se sube a la caja de la camioneta y espera hasta que yo la cierre para volver a transformarse. Cuando sale, completamente vestido y respirando con dificultad como si hubiera corrido una milla en cuatro minutos, sostengo la hamburguesa que he desenvuelto de su papel.

—¿Quién es un buen perrito?

Me arrebata el sándwich de la mano y lo ingiere de un mordisco.

—Nunca me llames perro. No a menos que quieras tener el culo rojo.

—¿Lobo?

Sacude la cabeza.

Me apoyo contra la caja de la camioneta, admirando la flexión de su fuerte mandíbula mientras mastica.

—Me encanta burlarme de ti.

—Sigue así, nena. Habrá consecuencias.

—Me encantan las consecuencias.

—No tienes que decirme eso. He sentido lo mojado que se pone tu coño.

—Mis pedacitos de zorra —corrijo—. Así se llama.

Tank sacude la cabeza.

—Sabes que te encanta, papito.

—Sigue hablando, nena. Todavía estaré en control esta noche.

Me doy la vuelta para ocultar mi sonrisa feliz. Tank termina su comida y usa una botella de agua para lavarse las manos.

Me desplomo en la caja de la camioneta.

—¿Y ahora qué?

—Había algo en el remolque. Olía... Creo que deberías verlo.

A regañadientes, lo sigo adentro. Debería haber visitado más a mi madre. Ella me vuelve loca, pero de eso se trata la familia. A pesar de que nunca viví en este remolque en particular, huele a mi infancia. Hay algunas cosas que reconozco: el diseño de vidrios manchados que ayudé a Sunny a hacer, una pequeña estatua dorada de Buda, el juego de té japonés que compramos en una tienda de segunda mano.

—Aquí —indica Tank. Junto a un pequeño banco utilizado como asiento y lugar de almacenamiento, toca un panel y abre un compartimento oculto. Sale una pila de sobres.

Los recojo. Todos están dirigidos a Sunny, pero solo un apartado de correos aparece como la dirección de devolución.

—Están vacíos.

—¿Reconoces la dirección?

—No. ¿Por qué pensaste que eran importantes?

—Porque... —dice Tank en voz baja—. Huelen a zorro.

~.~

FOXFIRE

DE VUELTA EN LA CAMIONETA, paso los dedos por la dirección en el sobre. Tomamos un sobre y volvimos a guardar el resto.

En este punto, es mi único vínculo con mi linaje.

Es la hora del almuerzo, y aunque Tank ya ha comido, cuando paramos a comer tacos, pide veinte.

—Podríamos probar en el centro comunitario. Averiguar si todavía trabaja allí y si alguien la ha visto —sugiere él.

Asiento. Todavía estoy pensando en esos sobres vacíos.

—Está bien, nena —dice—. La encontraremos.

—¿Crees que alguien…? —Mi garganta se obstruye. Incluso si no la visito a menudo, Sunny es mi familia. Ella es todo lo que tengo.

—Creo que la asustaron. Te dejó un mensaje y está mintiendo. Foxfire, ella no es una cambiante.

—Pero ¿y esto...? —levanto el sobre.

—Eso es lo único que huele a zorro.

—Sin embargo, ella podría estar inactiva. Tal vez su zorra sea como la mía: nunca se sintió segura o lo suficientemente protegida... —Mi voz se apaga ante la lástima en los ojos de Tank. Puedo soportar que me llamen bicho raro, pero no que me compadezcan.

—No creo que sea una cambiante. Creo que obtuviste el gen de otra manera.

Eso solo deja a mi padre. Mi padre desaparecido. ¿Es posible? ¿El que me hizo zorra es el padre que nunca conocí?

No me doy cuenta de que he hablado en voz alta hasta que Tank responde.

—Creo que es la respuesta más lógica. —Toca el sobre —. Esto contiene la respuesta.

Vuelvo a trazar la dirección. Letra grande y torpe, casi infantil, que indica una dirección en Moab, Utah. El matasellos es de hace tres años. ¿Todo este tiempo, y mi papá estaba a solo seis horas de distancia?

No importa, me digo. Todo lo que importa es encontrar a Sunny.

—¿Tank? ¿Qué vamos a hacer cuando todo esto termine?

Su rostro se queda en blanco.

—Vayamos día a día.

Abro la boca para protestar.

—¿Foxfire? —dice una voz familiar que flota al otro lado de la calle.

Una mujer de pelo largo con blusa campesina y falda camina por el tráfico, completamente ajena a los coches que disminuyen la velocidad para evitar golpearla. Uno toca el claxon y me apeno.

Mi madre no se da cuenta. Al menos, creo que es mi madre. Se ha teñido el pelo de rubio, con mechones rosas, lo que la hace parecer más joven.

—¡Eres tú! —jadea y corre hacia mí—. Pensé que estaba viendo con mi tercer ojo.

—¡Sunny! —Corro hacia ella.

—¡Querida! —Ella lanza sus brazos alrededor de mí y me abraza con fuerza, y un centenar de pulseras delgadas en sus muñecas tintinean. Me envuelve con el aroma de la salvia y el aceite de lavanda, y su propio olor terroso. Ella todavía no cree en el uso del desodorante. O en depilarse. Mis sentidos de súper zorra lo dejan claro. Tank sostiene su mano cerca de su nariz, y una mirada pétrea en su rostro. Hago una mueca de simpatía y borro la expresión de mi rostro antes de que Sunny me deje salir del abrazo.

—¿Y quién es este? —Sunny se vuelve hacia Tank con una amplia sonrisa.

—Este es Tank.

—Oh. Qué nombre tan encantador. ¿Son ustedes dos? —Ella pasa su mirada de mí a él.

—Sí —digo al mismo tiempo que Tank dice «No».

«¡Ay!».

—No estamos en una relación tradicional —explico—.

Solo somos amantes. A mi lado, Tank se queda quieto. Quiero mirarle, pero no me atrevo.

—Oh, qué maravilloso. —Sunny aplaude con sus manos iniciando una explosión de tintineos de pulseras—. El amor debe estar libre de las construcciones de la sociedad.

Agarro la mano de Tank.

—Eso es lo que pensamos. Quiero decir, ¿por qué etiquetarlo? Solo estamos teniendo relaciones sexuales.

—Oh, bien. —Sunny pone una mano sobre el ancho pecho de Tank—. Sí, ya veo. Sin embargo, tus chakras están fuera de equilibrio.

Toso.

—Deben estar equilibrados. Pasamos toda la mañana trabajando en su alineación.

Sunny cierra los ojos y le dice:

—Tu chakra del corazón está dañado. ¿Una herida temprana, tal vez? Algo te hizo cerrar tu corazón al amor.

—Está bien —digo, quitándole la mano del pecho de Tank y ella da un paso atrás. Me acerco a Tank, que parece aturdido. Tal vez debería haberme tomado el tiempo para advertirle un poco más.

—¿Dónde has estado? —le pregunto a Sunny—. Fuimos a tu remolque y estábamos preocupados.

—¡Oh! —Ella agita su mano—. Eso fue solo un pequeño problema. Algunos hombres vinieron y dijeron que les debía dinero.

—Bueno, ¿y se lo debías?

—Es posible que haya pedido prestado un poco para arreglar el autobús el año pasado al señor Biggs. Es un buen hombre, maneja algunos juegos de cartas.

—¡Mamá! —La llevo a un callejón para que nuestra conversación sea privada—. ¡Te involucraste con la mafia!

—¿En serio, querida? Bueno, ya sabes, la moneda

moderna es un producto de nuestra imaginación. Alguien realmente debería explicarles eso a estos prestamistas.

—Sra. Hines… —Comienza Tank.

—¡Oh, llámame Sunny! —Insiste.

—Tu hija tuvo la visita de un matón. Creemos que tuvo que ver con tu problema.

—¡Oh! —Su mano revolotea hacia su pecho—. ¿Estás bien?

—Sí —suspiro. Mi mamá es tan despistada a veces… —. Tank se hizo cargo de todo.

—¿En serio? —El sol la ilumina—. ¿Él está a dos metros bajo tierra?

—¡Mamá!

—No —dice Tank—. No lo matamos. Lo interrogamos y lo dejamos ir. ¿Has tenido más matones que te molesten?

—No, no desde la primera visita.

—Pero tu remolque fue destrozado.

—Sí, creo que algunos niños hicieron eso. He tenido la intención de volver y limpiarlo. —Ella agita su mano hacia el coro de brazaletes.

—¿No crees que fueron los mismos matones? —pregunto.

—No, por supuesto, no. Quiero decir, pagué el préstamo. El Sr. Biggs dijo que estaría bien.

—Entonces, ¿por qué no volviste al remolque?

—Hay energía negativa. No he tenido la oportunidad de limpiar las energías oscuras que entraron, así que dormí el último par de noches en el Daisy.

—Así que pediste dinero prestado, recibiste un recordatorio, lo devolviste, pero luego tu remolque fue destrozado. ¿Llamaste a la policía? —Tank pregunta.

—No es necesario, cariño. Los hombres que vinieron tenían muy mala energía. El karma se encargará de ellos.

—¿Hombres? ¿Había más de uno de ellos?

—Sí, dos —dice Sunny—. Y parecían interesados en ti, Foxfire. Por eso llamé para advertirte. Ella mira de un lado a otro entre nosotros—. ¿Algo anda mal?

—Volvamos a su casa, señora Hines. Tenemos algunas cosas que discutir.

CAPÍTULO NUEVE

Foxfire

—Lo SIENTO —digo mientras conducimos siguiendo el autobús Volkswagen pintado de colores brillantes que mi madre llama Daisy—. Debería haberte advertido sobre ella.

—¿Siempre ha sido así?

—Cuando yo tenía dieciséis años, conoció al chico que quería llevarme al baile de graduación, le dio una caja de condones y una vela con forma de diosa de la fertilidad minoica.

Tank hace un guiño. Me encojo de hombros.

—Yo estaba acostumbrada a ella para entonces. Es una gran creyente en el amor libre.

—Entonces, tu padre...

—Eran llamas gemelas. —Imito los tonos airosos de Sunny—. Almas destinadas a encontrarse. Se conocieron en algún tipo de festival, creo.

—Así que él podría ser el cambiante.

—Sí —digo en voz baja. El donante anónimo de esperma de mi madre, también conocido como *querido papá*, y parece que me dio más que mis ojos grises y la tendencia a quemarme al sol.

Dentro del remolque, Tank y yo limpiamos mientras Sunny prepara té verde. Sus brazaletes suenan constantemente hasta que le pido que se los quite.

—Tank prefiere el silencio —explico.

—¿Medita? —pregunta Sunny.

—Sí —miento.

El pobre Tank no ha dicho una palabra.

—La mayoría de los días, hace un voto de silencio —agrego.

Él resopla.

—¿De verdad? —respira Sunny.

Asiento.

—Lo rompió para estar conmigo. Después de que recibí tu correo de voz.

—Sí, lo siento mucho, cariño. Simplemente me sacudió.

—Por supuesto. —La abrazo. La tetera silba a mitad de camino, pero permanecemos en nuestro abrazo hasta que Tank se aclara la garganta.

—Correcto, silencio —murmura Sunny. Ella sirve el té a la manera tradicional japonesa, lo que significa que obtenemos unas gotas cada uno. Tank lo mira dudosamente y no lo toca.

—Entonces, Sunny, sobre estos hombres... —dice él.

—Eran muy toscos. Tuve un mal presentimiento y me fui con el autobús inmediatamente después de hablar con ellos. Regresé a buscar mis cosas y el lugar... —Gesticula mi pobre mamá, siempre sola.

—¿Tienes alguna idea de quiénes podrían ser? —pregunto.

—No, cariño. Le pregunté al Sr. Biggs sobre ellos y me dijo que el asunto estaba resuelto, que debe de haber habido algún error. Fue todo muy extraño.

—Um —dice Tank—. ¿Pero dices que preguntaron por Foxfire?

—Sí. Tal vez pensaron que ella tenía el dinero, si yo no lo tenía.

—Disculpen. Tengo que hacer una llamada. —Con un asentimiento hacia mí, Tank se levanta y se va.

—Mamá, tengo que preguntarte algo. Se trata de papá.

—¿Tu padre?

—Sí. ¿Cómo lo conociste?

—En un festival callejero. Estaba en un puesto cerca del mío. Hablamos bastante a menudo y, bueno.... —Ella se encoge de hombros.

—¿Te dijo algo? ¿Sobre sí mismo o su familia?

—Solo que eran muy reservados. Creció en un complejo en Utah. Sonaba bastante secreto. No eran en absoluto acogedores con los forasteros.

—Él... —hago una pausa. No sé muy bien cómo decirlo—. ¿Se convertía en un zorro cada luna llena?

Tank vuelve a sentarse conmigo.

—Sra. Hines, su hija es muy especial.

Sunny balancea la cabeza.

—Oh, sí. Lo sé.

—Nos preguntamos qué rasgos podría compartir con su padre.

—¿Te refieres a su energía salvaje?

Tanto Tank como yo nos sentamos más derechos.

—Sí —digo lentamente.

—Definitivamente compartes el mismo color del alma. Algo rojo... con oro. Vibrante. Energía pulsante.

—Sí, está bien.

Nos echamos un vistazo. Ella no sabe nada.

—Era divertido. Pasamos el mejor de los momentos juntos.

Me aclaro la garganta y ella prosigue:

—Una vez estábamos de fiesta y él desapareció, y en su lugar, bueno, en su lugar estaba su animal espiritual. Al principio pensé que era un mal viaje. Pero tu padre estaba en sintonía, muy en sintonía. ¿Qué te hace preguntar sobre todo esto?

Trato de pensar en una forma lógica de indagar sin decirle que cambio a zorra.

—Quiero saber más sobre él. Recientemente, yo...

Tank sacude la cabeza.

—Hum, estoy pasando por un despertar espiritual. Encontrando a mi animal espiritual también —digo.

—¡Ah! —Asiente Sunny.

—Sra. Hines —dice Tank—. Después de que usted llamó, Foxfire temía por usted. Pensé que podría ser bueno si ella aprendiera más sobre su padre.

—Solo quiero saber si tengo alguna familia de ese lado, y no sé nada sobre él, realmente.

—Por supuesto. Simplemente nunca te importó saber de él.

Parpadeo.

—Pensé que no querías hablar de él.

—Oh, no me importa. Tu padre era muy especial. Me alegro de que nuestras energías se alineasen para tener un bebé. Pero tú no querías hablar de él, cada vez que lo intentaba cambiabas de tema.

—Nos abandonó —gemí. Mi garganta está repentina-

125

mente seca. Trago mi té y alcanzo el de Tank. Él lo acerca más a mí, y también lo bebo.

—No lo hizo. Su naturaleza sensible no le permitía vivir cerca de la gente por mucho tiempo. Todos sus parientes eran muy reservados. Fue el único lo suficientemente valiente como para aventurarse y entrar en el mercado. El resto de ellos vivían de la tierra. Antes de iniciar su travesía para visitar el mercado, nunca había viajado en un automóvil. Pero era más moderno que todos sus parientes juntos.

—¿Alguna vez preguntó por mí?

—Le envié notas y algunas fotos. Él solo envió dinero.

Saco el sobre y lo pongo sobre la mesa.

Sunny asiente.

—Querida, si hubiera sabido que querías conocerlo...

Me alejo de ella.

—Busqué la dirección. Pertenece a Johnny Red.

Sunny asiente.

—Sí, ese es él.

—¿Ese es él? ¿Mi papá? ¿Estuvo en Moab todo este tiempo?

—No, cariño. Se mueve bastante. Al menos, solía hacerlo.

—¿Pero tiene un apartado de correos allí? —pregunto. Moab es un desierto. Es bueno para los cambiantes zorros.

Sunny duda.

—Querida, ¿estás segura...?

—Solo dime. ¿Mi padre biológico reside actualmente a solo seis horas de aquí?

Mi mamá se muerde el labio y asiente.

De repente, el remolque, con el aroma de mi madre y los artículos de mi infancia, me asfixia demasiado para soportarlo.

—Necesito un momento —susurro, y me voy. Tank se agita pero me deja huir.

Afuera, el aire frío es cortante, pero no me importa. Camino rápidamente hasta el comienzo del bosque y me detengo, masticando mi labio. Sunny no sabe que soy una cambiante. Tal vez nadie lo sepa. Toda mi vida, he marchado a un ritmo diferente. Pero ahora realmente estoy sola.

Me pica la piel, como si pudiera cambiarme y correr. La vida es más simple como un zorro.

—Foxfire —dice Tank. No me doy la vuelta, incluso cuando su calor golpea mi espalda.

El viento se levanta. Envuelvo mis brazos alrededor de mi cuerpo pero me niego a moverme.

Tank suspira. Él está a mi lado, manteniendo sus ojos en el bosque. Su perfil se difumina por el rabillo del ojo.

—Mi mamá también se fue cuando tenía nueve años —dice—. Mi papá era un lobo, tenía un buen lugar en la manada, pero ella... era una solitaria.

El viento sopla a lo largo del remolque con un ligero aullido. No sé si es espeluznante o reconfortante.

—¿Alguna vez la volviste a ver? ¿Después de que ella se fuera? —Mi voz es quebradiza.

—No. —Tank se mueve y pone sus manos sobre mis hombros—. Quien quiera que sea tu papá, se preocupaba por ti. Ha estado enviando dinero todos estos años.

Mis mejillas están un poco húmedas y me las seco.

—No le importé. No se quedó. Él no me enseñó quién soy. Nunca pensé... —Dejo de hablar porque, por supuesto, nunca pensé que me pasaría algo así. Viví veintiséis años como humana. Abracé mi lado raro. Nunca pensé que en realidad era un monstruo.

—Ven aquí. —Tank me atrapa entre sus brazos. Es tan

grande que por un segundo estoy completamente envuelta, escondida del mundo.

—Duele —susurro contra su ancho pecho.

—Nena.

—Debería haber estado aquí. Debería haberme ayudado. —Me limpio los ojos, molesta. Nunca me preocupé por mi padre. Se fue. ¿Por qué debería sentir algo por un hombre que obviamente no sintió nada por mí?—. No puedo creer que no intentara acercarse y decirme que era una zorra.

—Tal vez no estaba seguro de que lo fueras.

—¿Qué quieres decir?

—Los hijos de los cambiantes y los humanos no siempre son capaces de cambiar. Tal vez pensó que era mejor dejarte en paz, dejarte vivir una vida normal.

—¿Vida normal? ¿Criada por Sunny? —me burlo.

—Como humana, entonces.

—Bueno, algo así —murmuro, pero no me arrepiento de ser una zorra. Me niego a arrepentirme de la presencia mágica de mi animal en mi vida. No es su culpa que mi vida esté jodida y mis padres sean una broma.

Tank me escucha, pero no hay piedad en su expresión. Solo una ternura que me hará fuerte de nuevo, si lo dejo.

Me toma la mejilla.

—¿Qué quieres hacer?

Respiro hondo.

—Quiero encontrarlo.

—Está bien —dice. Y así, me siento mejor. Pero no le dejaré ir. He decidido que Tank es mi roca. Me aferraré a él, siempre y cuando me lo permita.

~.~

.   .   .

Foxfire

—¿Estás segura de esto, nena? —Pasamos los últimos minutos informando a Sunny de nuestros planes y preparándonos para salir. Tank tiene sus brazos alrededor de mí de nuevo. He necesitado más abrazos fortificantes en el último día que en toda mi vida.

—Sí. Mi zorra necesita a sus parientes.

Él asiente.

La puerta del remolque se abre con fuerza y nos separamos.

—Esto va a ser muy divertido —trina Sunny desde el escalón delantero. Ella está arrastrando un gran bolso de tela de alfombra detrás.

—¿Qué es eso?

—¡Viaje por carretera! —dice aplaudiendo.

Pongo los ojos en blanco. Mamá puede ser tan ridícula. Definitivamente he salido a mi papá.

—¿Dónde quieres que ponga esto? —Sunny levanta su bolso.

—En ningún sitio —dice Tank.

—¿Qué?

—Hum, mamá, —me apresuro— no nos dimos cuenta de que vendrías.

—Bueno, por supuesto que voy, tonta. ¿De qué otra manera vas a reconocer a tu padre?

Miro a Tank, que se frota la frente.

—No tengo espacio en mi camioneta.

—Oh, puedo ir en la parte de atrás. —Sunny agita una mano.

Tank sacude la cabeza.

—O podríamos ir con el el autobús de Sunny —ofrezco. Los tres nos volteemos para mirar a Daisy. Es un viejo autobús Volkswagen. Las partes que no están oxidadas están pintadas de púrpura, con margaritas blancas.

—¡Qué idea tan maravillosa! —dice Sunny.

La mandíbula de Tank se aprieta mientras cierra los ojos.

CAPÍTULO DIEZ

Al mediodía, estamos en el camino. Tank insistió en conducir, a pesar de que es el doble de grande que el asiento. Sus grandes manos son del tamaño de un monstruo en el volante. Antes de irnos, Sunny insistió en quemar salvia y madera de cedro en todo el autobús para eliminar la energía negativa de nuestro viaje. La cabina huele a hierbas chamuscadas y pintura derramada de sus proyectos de arte. A pesar de que Tank no ha dicho una palabra, puedo decir que está bastante cerca del punto de explotar.

Decido sentarme en la parte de atrás con mi madre para actuar como amortiguador.

—Tiene tanta energía masculina —me dice Sunny en un claro susurro—. ¿Crees que me dejará pintarlo?

Mamá pinta desnudos.

—No, no lo creo. Es una persona muy reservada.

Sunny considera esto.

—No se lo preguntaría —agrego.

—Ciertamente tienes un buen camino que recorrer para ganártelo, hija.

—Es un poco mandón. Especialmente en la cama. No es que me esté quejando.

—Me gusta —decide Sunny.

Dejo que Sunny leyera mi palma. Siempre ha sido una tarotista, y la quiromancia es algo nuevo para ella.

—Interesante, interesante. Vivirás una larga vida, querida, y tendrás un gran amor verdadero. Tendrás algunos desafíos en el camino, pero al final funcionará. —Ella deja caer mi mano, mirando expectante a Tank.

—¿Qué tal una lectura de tarot? —le pregunto a Tank antes de que ella pueda agarrarle la mano. Conociéndola, no le importaría que él esté conduciendo para sujetarle la palma.

Mi petición hace que gane otros minutos de silencio mientras Sunny cava en su bolso gigante en forma de saco en busca de la baraja de cartas que siempre lleva. Esta vez no es el tarot tradicional, sino algún tipo de cartas de ángel.

—Harás un gran viaje, no en la distancia, sino en la importancia.

—Tiene sentido —digo en acuerdo.

—Te enfrentarás a un gran enemigo —Sunny vaticina con el ceño fruncido.

—Siempre he querido un némesis —digo distraídamente.

—Querida, esto es muy serio.

—Oh, lo sé. Temo por mi vida cada vez que voy al baño. Serpientes de sanitario.

—¿Qué son las serpientes de sanitario? —Sunny pregunta.

—Son serpientes que salen del sanitario mientras estás sentada en él y te muerden.

—¡Foxfire! —retumba Tank.

—¿Qué? —pregunto inocentemente.

—No existe tal cosa.

—Oh, lo sé —digo—. Todavía les tengo miedo.

Los labios de Tank se contraen.

—Hablando de serpientes de sanitario... —dice Sunny.

Tank suspira y toma la siguiente salida a una parada de descanso. Cuando mamá y yo salimos para ir al baño, él saca su teléfono. Me apresuro en mi asunto y dejo Sunny admirando algunos murales.

Tank está hablando por teléfono, me acerco lentamente, dándole espacio hasta que le dé las gracias a quien esté hablando y cuelgue.

Al instante, sus ojos se fijan en mí.

Le doy un pequeño saludo con la mano y me muevo a su lado.

—Acabo de pedir algunos favores —me dice—. Tengo gente investigando el paradero de tu padre. Para cuando lleguemos a Moab, deberíamos saber más.

—Gracias.

—De nada.

—¿Qué pasa con Garrett?

—No he sabido nada de él.

—¿Todavía? ¿Suele ser tan difícil de contactar?

—No. —Se frota la nuca—. Tengo la sensación de que algo está pasando.

—¿Necesitas irte?

—No. Voy a llevar esto a cabo.

Una emoción me atraviesa. No debería. No me está eligiendo a mí sobre la manada, no para siempre. Pero todavía se siente bien.

—Gracias.

Me tapa la barbilla por un momento y estudia mi cara. Él está pasando por todos estos problemas. Espero que valga la pena.

Espero que yo valga la pena.

Pero si así fuera, aún no me ha prometido nada.

—Así que mi madre…

Él solo sacude su cabeza

—Lo siento mucho, mucho... —empiezo a decir—. Ella tiene buenas intenciones.

Él me toma por la nuca y tira de mi cara hacia la suya, reclamando mi boca. Su beso es dominante, exigente. No puedo descifrar el significado. ¿Es esto más castigo? ¿Una promesa?

—No te disculpes de nuevo, nena. No puedes evitar quién es tu madre. Ninguno de nosotros puede.

Mi boca se retuerce en una sonrisa irónica.

—Bueno, mi mamá cree que todas las chicas eligen a sus hombres con el carácter opuesto. Los elegimos para ciertas lecciones que queremos aprender o algo así.

Frunce el ceño y su rostro se ensombrece otra vez. Debe de estar pensando en su propia madre. ¿Qué lecciones, o cicatrices, le dejó?

—¿Crees que mi madre sabe algo? Quiero decir, ¿en el fondo? Ella me llamó Foxfire.

—No lo sé, nena. —Apoya su mano en la parte posterior de mi cuello y la amasa un poco. No me di cuenta de lo tensa que me había puesto—. No sabría lo que le está pasando por la cabeza a tu madre.

—Diré esto. Ella es amigable. Nunca ha conocido a nadie que no le agrade. —Sunny está en una mesa de picnic con un grupo de turistas. Ha sacado su libro de astrología y está haciendo sus horóscopos—. Y tú, ¿conoces bien a tu papá?

—Sí. Estuvimos solos durante unos años, antes de encontrar la manada del padre de Garrett.

—Debe de haber sido duro.

—Realmente nunca superó lo que mi madre le hizo.

—¿Se fue?

—No solo eso. Cuando se fue, robó dinero de la manada. Cada manada tiene finanzas centrales que todos pagan, para casos de emergencias, para pagar una casa segura, ese tipo de cosas. Un pequeño porcentaje, pero suma. Cuando mi mamá se fue, se llevó casi cincuenta de los grandes.

—Vaya.

—Sí. Pero eso no es lo peor. Mi papá era el segundo en el grupo. Estaba a cargo de las finanzas. Él era la razón por la que ella tenía acceso. Así que cuando se fue...

—Se le culpó.

—Estábamos en desgracia. Papá pasó de ser el segundo en el grupo a tener su posición en peligro. Todos querían luchar contra él. Tenía miedo por mí, así que nos fuimos y deambulamos un tiempo hasta que encontramos una nueva manada. Una buena en Phoenix, dirigida por el padre de Garrett. Nos dieron la bienvenida, pero papá nunca se recuperó.

«Un cambiante nuevo no tiene rango», había dicho Tank.

—¿No tuvo tu padre que luchar por el dominio nuevamente?

—La manada que eligió no le hizo luchar por su lugar. Y mi padre no trató de establecer dominio. Tomó un rango bajo y no se molestó en pelear. Casi como si dejara de importarle. —Tank se frota la frente . De todos modos, fue hace mucho tiempo.

—Padres... —sacudo la cabeza— uno no puede vivir con ellos ni sin ellos.

—No puedes reemplazar a la familia —dice Tank en voz baja.

El dolor parpadea a través de mí.

—¿Cómo fue estar solamente con tu papá?

—Estresante. La mayoría de los lobos solitarios son

parias. Las manadas intentan sacarlos de su territorio. Solo tenía nueve años, pero mi padre se aseguró de enseñarme a cambiar, a pelear. Incluso si encontrábamos una manada decente para unirnos, él sabía que tendría que ser fuerte para luchar por mantener mi lugar. Conocer las reglas, ese tipo de cosas.

—Eso explica mucho.

—¿Qué?

—Que seas tan estricto en el cumplimiento de las reglas.

—Las reglas son importantes.

—También lo es divertirse.

—Las reglas mantienen seguros a los miembros del manada. Los lobos que no las siguen son condenados al ostracismo.

Me trago un suspiro. ¿Es eso lo que él teme, que tenga problemas por mí? ¿Que me uniré a una manada y me echarán por ser una fabulosa zorra?

—Estoy segura de que eres un miembro de manada perfecto —murmuro—. Un pilar de la sociedad.

—No lo era cuando me uní por primera vez.

—Por favor. —Olfateo—. Nunca has dado un paso en falso en tu vida. Yo, soy un paso en falso que camina y habla.

—Sí, lo haces a propósito.

—¿Qué quieres decir? —Mi pecho está apretado. No estoy segura de qué quiere decir con eso.

Tira de un mechón de mi pelo.

—Pero eso no es lo que quieres, ¿verdad? —Sigue jugando con mi pelo—. En la naturaleza, los colores brillantes pueden significar veneno. Te tiñes el pelo así de salvaje para mandar un mensaje: mantente alejado, soy un bicho raro.

—Bueno, lo soy.

—No, no lo eres.

Me encojo de hombros.

—La gente va a pensar que soy rara. También puedo alentarla.

—Alejas a la gente.

—Oh, claro, porque tú estás tan emocionalmente disponible. «Soy Tank». —Imito su voz profunda y su mirada solemne—. «No soy un hombre lobo. Te castigaré si vuelves a decir eso». Al final, me estoy riendo.

Sacude la cabeza hacia mí.

—Te conozco —bromeo—. No puedes esconderte de mí.

Tampoco necesitas esconderte de mí —dice. Antes de que pueda preguntarle qué quiere decir, se dirige a mi madre—: Sunny, salimos ya.

CAPÍTULO ONCE

Foxfire

Antes del anochecer, nos registramos en un hotel. Pedimos dos habitaciones. Una con una cama extragrande y otra con dos camas dobles. Tomo mis cosas y sigo a Sunny.

—Vi un mercado encantador en el camino —bromea Sunny cuando entramos en la habitación con las camas dobles—. Creo que solía tener un puesto allí, en los años ochenta. Deberíamos bajar y verlo. ¿Crees que Tank nos dejará?

—Creo que Tank necesita su espacio. —Dejo mi bolso —. En realidad esperaba hablar contigo. ¿Por qué no me hablaste de papá?

—Nunca quisiste saberlo.

—Pero... soy como él en muchos sentidos.

—Lo sé, querida. Pero Johnny era un espíritu libre. Él querría que siguieras tu propio camino.

—Y lo hice. Solo quiero saber que no soy la única así. Quiero ser parte de algo. Una familia.

—Lo eres, Foxfire. Me tienes a mí, y a ese tanque, por quien probablemente estés deseando estar en su habitación de hotel en este momento.

—Tank piensa que estoy loca.

Sunny solo sonríe, y prosigo:

—Es muy diferente a mí, mamá. Es raro. Y sin embargo... funciona. Al menos, creo que sí. Él ha hecho todo esto para ayudarme.

—Me gusta.

—Estoy muy contenta. —Oculto que pongo los ojos en blanco mientras ella me abraza.

—Estoy muy feliz de haber tenido esta charla —dice mientras se dirige al baño.

Tal vez mamá tenga razón. Hacemos nuestra propia familia, comunidad. Tal vez mi papá conozca a otros zorros, o Tank pueda conectarme. En cualquier caso, tengo a mi madre. Tal vez debería pasar más tiempo con ella.

La puerta del baño se abre. Sunny sale, con el cabello rubio y rosa flotando alrededor de sus hombros. Está completamente desnuda.

—Es hora de hacer yoga —trina.

—Hum, olvidaste tu ropa.

—Siempre saludo al sol desnuda. —Ella abre las cortinas para que la luz inunde la habitación y coloca una esterilla de yoga—. Después de todo, cuando saludamos al sol, los rayos queman todo artificio...

—Solo, uh, estoy revisando lo que el amigo de Tank descubrió sobre Johnny.

Me escabullo por la puerta. Mi objetivo es estar fuera de allí antes de que ella haga la posición del perro mirando hacia abajo. La habitación de Tank está unas puertas más abajo. Rezo para que una multitud no se reúna para ver a mi madre hacer sus *asanas* desnuda.

Llamo a la puerta.

—Está abierta —Tank dice.

—¿Cómo sabías que era yo?

Entro. Su habitación está mucho más oscura. Tank probablemente no es un tipo que salude al sol. A medida que mis ojos se ajustan a las sombras, me doy cuenta de que está sentado en una silla, con su cuerpo enorme que se derrama fuera de ella. Se ha quitado la camisa, el pelo lo tiene húmedo y corren hilos de agua por su pecho tenso.

—Puedo olerte. —Tiene una botella envuelta en una bolsa de papel en la mano y se la levanta a los labios. Debe de haber salido y conseguido una botella de algo.

—¿Puedes darme un sorbo de eso que estás bebiendo? Él me lo alcanza.

—Mamá está haciendo su propia versión del yoga desnuda. Tiene las persianas abiertas.

Tank hace una mueca.

—Sí —coincido, estoy de acuerdo, y levanto la botella para tomar un trago. Toso un poco mientras me quema la garganta. Voy a levantarla de nuevo, pero él me la quita, me tira a su regazo.

Me acurruco con él. Apoya su barbilla sobre mi cabeza.

—¿Alguna suerte con el paradero de mi padre?

Él sacude la cabeza y la mía se mueve con ella.

—Gracias de nuevo por todo esto. Te lo debo.

Me frota la espalda, deslizando su mano debajo de mi camisa para tocar la correa de mi sostén. Su polla crece contra mi pierna.

—Me has estado cuidando. Es hora de que te cuide. — Me resbalo de rodillas entre sus piernas.

Me deja bajarle los jeans y ponerle la boca. Respiro su

aroma, tragándolo, haciendo pequeños ruidos de mendicidad, especialmente después de que desliza sus dedos en mi parte superior y aprieta mi pecho. Me sumerjo en su longitud, asfixiándolo un poco y jadeando.

Me agarra antes de que pueda alejarme.

Enrollo mis brazos alrededor de su cuello. Hunde su mano en mis jeans.

—Joder —murmura como una oración mientras sus dedos se encuentran con mis pliegues resbaladizos—. ¿No hay bragas otra vez? Chica mala. —Encuentra mi punto dulce y lo frota.

Me levanto de puntillas. En poco tiempo, estoy jadeando, apoyada contra su ancho pecho. Le lamo el cuello, pruebo la sal. Mi mano encuentra su polla…

Alguien llama a la puerta.

—¡Querida! ¿Cuáles son nuestros planes para la cena?

Apenas registro sus palabras hasta que Tank saca su mano de mis pantalones.

—Uh, danos unos minutos, Sunny —le digo—. Estamos desnudos.

Tank hace un ruido incrédulo.

—Está bien, cariño, bajaré sola. ¡Asegúrate de usar protección!

Tank suspira.

Me río.

—Vamos. —Lo empujo hacia arriba . Vamos a ducharnos juntos.

~.~

Tank

. . .

Envuelvo una toalla alrededor de Foxfire y la pongo fuera de la ducha. Está sonrojada y aturdida por lo duro que la follé con mi polla en la pared de la ducha. No estoy seguro de que sus piernas estén firmes, así que la guío a la cama y la dejo caer.

Se está volviendo más fácil y a la vez más difícil estar con ella. Acabo de agotar hasta el último gramo de auto-control estando con ella desnuda, follándola sin marcarla. Todo el tiempo que estuvimos juntos en la ducha, mis colmillos se mantuvieron fuera, listos para atravesar su piel, dejar mi aroma allí para que todos los demás hombres puedan oler que ella es mía. En cambio, me desquité en su coño. Embestí esa dulzura hasta que gritó al punto de quedarse ronca. Y ya quiero la segunda ronda de tener esas piernas largas envueltas alrededor de mi cintura, esas uñas clavándose en mi espalda.

—¿Qué vamos a hacer para la cena? —pregunta Foxfire.

—Ya comí —digo en broma.

Ella me golpea, riendo.

—Ordena lo que quieras —digo y le acerco un menú de servicio de habitaciones del hotel.

—¿Seguro?

—Sí, nena. —Me recuesto y apoyo mis brazos detrás de mi cabeza, disfrutando de la vista de ella con la toalla cayendo abierta y sus pezones irritados. Se la ve tan feliz que no me importa cuando ordena comida por valor de cincuenta dólares y se la come toda. Ella parlotea una y otra vez sobre todo y nada, y tampoco me importa. Podría mirarla por el resto de mi vida.

Mi teléfono vibra y respondo sin revisarlo.

—¿Hijo?

—Sí, señor. —Me enderezo como si mi padre pudiera verme, a pesar de que está a unos cientos de kilómetros de distancia, en Phoenix. Cuando éramos unos lobos solitarios juntos, él dirigía nuestra unidad de dos personas como una manada, así que estaba acostumbrado a seguir a un alfa. Técnicamente, ahora soy más dominante que él, pero los viejos hábitos nunca mueren.

—Solo quería saber de ti, asegurarme de que todo esté bien. Mi alfa escuchó algo de una humana llamada Amber. Ella dijo que Garrett está en problemas.

Joder.

—No estoy seguro. Lo último que supe fue que Garrett se dirigía a México. —Dudo, no estoy seguro de cuánto quiere Garrett que otras manadas sepan. El padre de Garrett es el alfa de mi padre.

—Para buscar a Sedona. Eso es lo que dijo la tal Amber.

—Así es. —Me pellizco el puente de la nariz—. Mira, llama a Trey o a Jared, pero si no responden, será mejor que vayas allí. No he podido localizarlos.

—Mi alfa ya está en camino. Solo quería ver dónde estabas en todo este lío.

—Estoy en otro trabajo.

—Tank, ¿viste mi sostén en alguna parte? —Foxfire grita desde el baño—. No puedo encontrarlo.

Joder. Sostengo el teléfono contra mi camisa hasta que estoy fuera de la habitación del hotel.

—Garrett me ordenó que persiguiera a un descarriado. De lo contrario, ya estaría allí.

—Eso es... bien, hijo— dice mi papá.

Hago una mueca de dolor bajo el peso de su desaprobación.

—Es solo un trabajo. Debería tener las cosas terminadas pronto. Estaba esperando saber de Garrett, pero si las cosas han salido mal... —le digo.

—No, no, tienes que seguir órdenes.

—Quiero estar allí.

—Eres el segundo en el grupo. Tu alfa depende de ti. No hagas nada para poner en peligro eso. *Especialmente no por una mujer.*

—Sí, señor.

Cuelga, y por un segundo, me pregunto si debería empacar todo y salir a la carretera hacia México.

—¿Todo bien? —Foxfire chirría. Ella se para en la puerta abierta de la habitación, con un par de jeans y una camiseta ajustada, con la cabeza colgando de lado.

—Sí, nena.

—Parece que recibiste malas noticias.

¿Debo decirle qué está pasando con la manada? Ella querrá saberlo, especialmente porque suena como si Amber estuviera involucrada.

—Puedo animarte, hombre grande. —Viene a abrazarme.

—No. —La detengo. Foxfire se frena en seco. Ella puede jugar con insistencia, pero en realidad no está acostumbrada a mis estados de ánimo y la desestabilizan extremadamente. Y eso me hace sentir como un bastardo aún más grande—. Esto es un negocio de manadas. Necesito hacer algunas llamadas. ¿Por qué no vas a buscar a tu madre?

La sonrisa de Foxfire es forzada, su aroma es un revoltijo confuso. Mujeres. Tan complicadas. Y, ahora, mis sentimientos son igual de jodidamente complicados. Mi papá tiene razón.

—Mira, —lo intento de nuevo— algunos miembros de la manada están en problemas. No quiero decir...

—No, está bien. —Ella toma una llave del hotel y la guarda—. Me iré. Sunny quería visitar el mercado. Voy a ver a qué hora se abre mañana, será una buena distracción para ella mientras buscamos a Johnny.

—Está bien. Gracias, nena.

Unas cuantas llamadas más, y movilizaré a los más fuertes de la manada de Garrett para seguir a su padre hasta México. Si no puedo estar allí personalmente, al menos puedo ayudar.

~.~

FOXFIRE

ME ESTÁ EXCLUYENDO. Otra vez. No es que tuviera derecho a estar en primer lugar. Lo ha dejado muy claro: no pertenezco a la manada. No es que me importe.

Deambulo por el área vacía del mercado, olfateando alrededor de los puestos en un intento a medias de encontrar a Sunny. Capto un olor a algo familiar, pero no puedo reconocerlo. La luna sale, y me dirijo hacia atrás, ralentizando mis pasos, en caso de que Tank todavía esté hablando con su manada. Él no quiere que yo sea parte de su mundo.

Tal vez estoy destinada a estar sola, solo yo y mi zorra. Me detengo en un callejón desierto y trato de transformarme. Pero no puedo. Ni siquiera mirando la luz de la luna.

Bien. Ahora, incluso mi zorra me ha abandonado.

De vuelta en la habitación del hotel, llamo, pero no hay nadie allí. Tank debe de estar haciendo un recado. Mantengo mi chaqueta puesta y me apoyo en la barandilla del balcón a la luz de la luna.

Entonces, ¿qué pasa si estoy sola? Estoy acostumbrada. Pero mi zorra quiere estar cerca de los cambiantes. Puedo manejar un grupo que no me quiera, pero esta es la primera vez que quiero ser parte de uno. Lo odio.

Zorra estúpida. ¿Por qué no podía ser una loba?

—¿Foxfire?

—Estoy aquí —contesto.

Tank viene y me abraza en silencio. No me dirá qué pasa, pero me sostiene como si me necesitara.

—¿Todo bien? —le pregunto.

Gruñe como respuesta.

—¿Sabes que puedes hablar conmigo?

Se inclina y pone su boca sobre la mía. El beso es largo y profundo, y se siente como una disculpa por algo. Ojalá supiera qué.

—Luna llena esta noche —murmuro.

—No, nena, fue anoche.

Me doy la vuelta en sus brazos mientras me sostiene.

—¿Crees que alguna vez podré cambiar por mi cuenta?

—Por supuesto. Solo se necesita práctica.

—No lo consigo. —Mi voz se tambalea—. No sé si puedo hacerlo.

—Pruébalo. —Me lleva de vuelta a la habitación.

—Está bien. —Me despojo de la ropa y respiro hondo, deseando que mi cuerpo se transforme.

—Relájate, nena. Esto es natural. Solo déjala salir.

Esta vez, cuando respiro hondo, el mundo cambia de inmediato. Caigo en cuatro patas sobre Tank.

—Está muy bien, nena —él gruñe en tono de aprobación. Su aroma es un refugio, fuerte y seguro. Pero hay otro que me hace cosquillas en la nariz. Troto al balcón y ladro para que me siga—. No, Foxfire. —Él corre tras de mí—. Deberías quedarte adentro.

Antes de que pueda alcanzarme, salgo corriendo por la puerta y salto desde el balcón.

. . .

~·~

Tank

Foxfire desaparece traspasando el borde del balcón. Su cola blanca pasa a toda velocidad mientras corre por una subida y desaparece en el bosque.

«¡Maldita sea!». Me quito la ropa y llamo a mi lobo. El mundo se trastoca a medida que me transformo. Tan pronto como me adapto, corro detrás de ella. Su rastro está fresco y es fácil de seguir.

Me mantengo en las sombras mientras ella me lleva al corazón de la ciudad. Es posible que la gente no note una pequeña zorra, pero definitivamente prestará atención a un lobo grande. Por suerte, no hay coches.

Agito la cabeza y piso el asfalto esperando que nadie quiera una piel de lobo frente a su chimenea. Las balas regulares no pueden matar a un hombre lobo, pero aún así duelen.

Maldita seas, zorrita. Mi corazón está metido en mi garganta, pensando en todas las cosas que podrían salir mal aquí, mostrando a nuestros animales en público. Alguien está por ahí buscando Foxfire, y estamos en una ciudad donde podría haber cambiantes. No está a salvo corriendo en forma de zorra.

Ella me lleva al mercado, abandonado por la noche. Cuando la encuentro, está olfateando alrededor de uno de los puestos.

Le ladro. Ella automáticamente agacha la cabeza. Su zorra conoce la sumisión, incluso si mi hermosa chica a veces lucha contra ella.

Troto hacia ella, y el aroma me golpea, rodeándome.

Es de un zorro. Y no se trata de Foxfire, sino de otro cambiante. Un cambiante zorro ha estado aquí, en este puesto. Foxfire se enfrenta a mí, con las orejas en alto y la cola moviéndose.

«¿Vamos a ver?», parece decir.

Sacudo la cabeza hacia el hotel. «Regresa». Ella no protesta. Volvemos a estar juntos, mi cuerpo más grande proyectando una sombra sobre su cuerpo más pequeño. Dos animales pueden llamar la atención, pero no tanto como dos humanos desnudos. Afortunadamente, hay una pequeña colina debajo de nuestra habitación del segundo piso, y nadie más está en el balcón. Corriendo, pego un salto y llego a la barandilla y la despejo. Me doy la vuelta y espero a que venga la pequeña zorra. Su salto no es tan alto y la atrapo por el cuello. La llevo así, por el cuello, y la apoyo en el suelo, fijándola con una mirada asesina.

No me tiene miedo en absoluto. «Por supuesto que no», señala mi lobo. Ella es nuestra compañera.

Me transformo primero, gruñendo con la fuerza y la velocidad del cambio. Me acercó a la puerta del balcón y la cierro.

—Cambia, Foxfire. Ahora.

Ella lo hace y se acurruca por un momento, temblando. Cambiar sigue siendo difícil para ella.

—¿Lo oliste? —dice tan pronto como puede recuperar el aliento—. Hay alguien como yo. Otro zorro.

—Eso es bueno, nena. Lo hiciste bien. —Me arrodillo para meterle un poco de agua en la boca, sosteniendo la botella hasta que pueda sentarse. No toma tanto tiempo como la última vez. Ella se está volviendo más fuerte. Mi lobo lo aprueba.

—¿Tenemos más carne? —pregunta.

Saco lo último que queda del servicio de habitaciones de la mininevera, me siento en la cama y me doy una palmadita en el regazo. Ella se acurruca y yo la alimento. Es un acto simple, pero satisface profundamente a mi lobo. Cuando termina de comer, le hago beber el resto del agua. La sostengo todo el tiempo. Encaja perfectamente en mis brazos como si estuviera hecha para mí.

—¿Te sientes mejor?

—Sí. Mañana podemos rastrear al cambiante, ¿verdad?

—Sí. Pero lo haremos a mi manera. Con menos posibilidades de que corras peligro —digo en tono severo.

Se retuerce como si le emocionase estar en problemas.

—Sí.

Enjaulo su garganta en mi mano sin aplicar ninguna presión.

—¿Sabes lo que obtienen las zorras traviesas?

—¿Castigo? —Su pulso martillea contra mi palma. Sin miedo en su aroma. Solo anticipación. Y excitación.

Deslizo mi mano entre sus piernas y rozo la yema de mi dedo medio sobre su clítoris. Ella arroja su cabeza hacia atrás sobre mi hombro, arqueando sus senos hacia mi boca. Es tan jodidamente receptiva.

Nunca he conocido a otra mujer, humana o cambiante, cuyo cuerpo sea tan claramente mío para mandar. Foxfire, la niña *hippie* y alocada, se convierte en una estrella porno certificable cada vez que nos tocamos. Lista y dispuesta a aceptar cualquier cosa que le dé, sin importar cuán áspero sea. Dispuesta a servir, también. Nunca antes había tenido una hembra tan generosa con la boca en mi polla.

—Levántate sobre tus manos y rodillas, nena. Yo te dirigiré.

Ella se apresura a obedecer, moviendo su hermoso trasero en mi cara. Me paro junto a la cama y arreglo sus caderas en mi dirección, dejando que una bofetada caiga en una nalga.

—¿Es esto lo que querías? —Aprieto su nalga desnuda y le doy otro golpe.

—Sí. —Su aliento se va en una ráfaga.

—¿Seguro?

—Sí, por favor —susurra, no es una súplica.

Apenas reconozco el gruñido que sale de mi boca. Deslizo mis dedos entre sus piernas, de nuevo, acaricio sus pliegues resbaladizos.

—Estás mojada.

—Bueno, sí. Y tú estás desnudo.

—Zorrita traviesa. —Mi mano da palmadas en su trasero y vuelve a acariciar su hendidura.

—Sí. —Ella se retuerce mientras me burlo de su punto dulce, sus dedos se aferran a las sábanas como si fuesen garras.

La mantengo al límite, alternando golpes gentiles y friccionando su clítoris hasta que está gimiendo de necesidad. Quiero follarla hasta mañana, pero mi lobo está justo debajo de la superficie. La luna llena fue anoche, por lo que el impulso de marcarla no debería ser cada vez más fuerte, pero lo es.

Levanto sus caderas y la volteo para que me dé la cara.

—Chúpame —ordeno bruscamente porque necesito alivio, o voy a hacer algo de lo que me arrepentiré.

Ella separa esos labios sexis y envuelve mi polla con su boca caliente.

—Eso es, nena.

Ella toma mi polla, tratando de tragarme profundamente, volviéndome loco.

Dejo escapar una blasfemia.

Se desprende y me muerde el muslo, con los dientes afilados como los de un zorro. Su animal también está justo en el borde.

Rujo, con mi lobo loco por marcarla, por dominar a mi zorrita y mostrarle cuál de nosotros muerde.

Ella se arrodilla, lamiendo sus labios brillantes.

—Vaya. Lo siento. —Su inocencia simulada es demasiado para mi autocontrol. Para evitar que la tome, la empujo hacia abajo, sobre su vientre, con una mano en su nuca y golpeo su trasero.

Se retuerce, sin realmente tratar de escapar.

—Dame una nalgada, Tank. Más fuerte.

«Oh, joder, no. ¿Realmente dijo eso?».

La caliento, abofeteando con más fuerza, amando la forma en que se dobla en la cama, los pequeños gruñidos y gemidos que emite.

La próxima vez que miro entre sus piernas, gimo.

—Joder, nena, estás mojada.

—¡Tank! —grita mientras su orgasmo la golpea. Aprieta sus muslos alrededor de mis dedos. Meto tres en su coño y me sumerjo a medida que sus músculos se contraen con espasmos.

Me acuesto a su lado y la pongo en mis brazos, tratando de ralentizar mi respiración, de empujar al lobo hacia abajo.

Ella rueda hacia mí, presionando contra mi pecho desnudo. Me acaricia la piel y respiro su aroma embriagador.

Me lame el cuello, pero no creo que sea consciente de ello; su zorra todavía está cerca de la superficie. Después de un momento, levanta la cabeza.

—Lo siento.

—Está bien, nena. Haz lo que quieras.

Ella explora, rastreando las curvas de los músculos, encontrando cada pequeña cicatriz donde los dientes o las garras de un lobo me atraparon cuando era adolescente y no tenía suficiente para comer, por lo que mi cuerpo no sanó por completo.

Pasa su lengua sobre un pezón plano, y yo tiemblo. Besa mi pecho y lentamente se coloca sobre sus rodillas, entre mis muslos.

Mi polla se balancea con aprobación, pero yo digo:

—¿Crees que mereces mi polla?

Ella asiente.

Atrapo su cabello y lo tiro para que me mire.

—¿Vas a ser una buena chica?

—Tal vez. Probablemente.

—Joder —susurro. Esta chica me vuelve jodidamente loco.

Atravieso su cabello con mis dedos, viendo caer en cascada el arco iris de colores y ondas mientras ella ahueca sus mejillas y chupa.

Mi visión comienza a estrecharse, las caderas se me tensan para empujar mi polla más lejos en su boca. No quiero asfixiarla, al menos eso es lo que me digo a mí mismo cuando la pongo en cuatro patas, posicionándome detrás de ella.

Apenas me acuerdo del condón, lo cual es un maldito milagro.

Ella me espera, con el sexo resbaladizo y listo, muslos temblando con mi deseo. Me deslizo hacia adentro.

No soy un gran conversador, pero hay palabras que explotan en mi cabeza. Las que van saliendo con cada estocada dura: «Te poseo. Tú eres mía».

Bombeo dentro. Ella presiona su frente en la cama y se empuja hacia atrás contra mí, encontrándome, dándome la bienvenida. La sostengo y martilleo su enrojecido trasero.

—¡Sí, Tank, sí! —Sus músculos tensos se agarran a mi polla.

La volteo, apoyo su pierna sobre mi hombro y bombeo hasta el final.

—Oh, voy a...

—Tómalo, nena. —Le palmeo y le aprieto el trasero.

Un grito irrumpe de ella cuando su orgasmo explota.

Pierdo la cabeza en el momento en que comienza a gemir. Cada centímetro, cada extremidad, cada célula vibra con un placer blanco y caliente.

—*Joder.* —Caigo encima de ella, mis brazos sostienen mi peso, pero mi cuerpo la cubre.

Meto mi cara entre su cuello y su hombro. Mis dientes le raspan la piel, y ella se estremece, todavía en las garras del éxtasis.

La martilleo, ciego de necesidad. Mis bolas se aprietan, los muslos se presionan. Mis embestidas se vuelven erráticas.

—¡*Joder*, sí, Foxfire! —grito cuando eyaculo. Y justo entonces, la muerdo. Fuerte.

Lo suficientemente fuerte como para rasgarle la piel. Una mordida de apareamiento.

La marqué *jodidamente.*

CAPÍTULO DOCE

Foxfire

Me despierto al amanecer. Tank duerme a mi lado y lo dejo. Probablemente necesite un descanso, pobre hombre.

Mi zorra está ansiosa por estar al acecho.

Reviso el espejo antes de irme. Sí, Tank claramente me mordió. Es más profundo de lo que pensé al principio. Rompió la piel y todo, pero la herida ya está curada. Empujo mi cabello hacia atrás para admirar la mordida y luego dispongo mis coloridos mechones sobre las marcas para ocultarlas.

Me detengo en la habitación de mi madre al salir, presionando mi oreja contra su puerta. Uso mi nariz, pero solo huelo la alfombra del hotel y el limpiador. Mi zorra está impaciente, así que me apresuro a ir al mercado. Es temprano y la mayoría de los puestos se están estableciendo. Para mi sorpresa, Sunny está allí, sosteniendo un vaso de papel. Té, por el olor del recipiente. Mi olfato está mejorando.

—¡Querida! ¿Te divertiste anoche?

—Sí. Fue salvaje —informo con toda sinceridad. No lo comprobé antes de irme, pero supongo que las travesuras de anoche volvieron a romper la cama.

—Bien. —Ella sonríe—. Te levantas temprano.

—Uh, sí. Hay un puesto que quiero ver. ¿De dónde sacaste eso? —Me pongo en movimiento hacia su taza.

—De la cafetería, ¿quieres una?

—Sí, si no te importa. Iba a olfatear... eh, a echar un vistazo a algunos de estos puestos. —Le entrego mi dinero y sigo paseando.

El puesto que me importa ya está instalado, la mesa escasamente salpicada de productos. Madera tallada. Mantas tejidas. Frascos de miel. Ese tipo de cosas.

Entonces el zorro aparece a la vista. Es una mujer que lleva una falda larga y una blusa con estampado de flores, hecha a mano por su aspecto.

—Tan pronto como me acerco, ella se pone rígida.

—Oye —llamo, manteniendo mi distancia—. ¿Puedo hablar contigo?

Sus fosas nasales se inflaman. Ha captado mi olor.

—Solo estoy aquí para hablar. —Extiendo las manos.

Me acerco y toco un frasco de miel, fingiendo estudiarlo. *Red Farm Honey* dice la etiqueta.

—Está bien —dice suavemente—. Pero en un segundo tengo que irme.

La estudio. Según Tank, hay pocos cambiantes zorros. ¿Es posible que estemos relacionadas?

—Estoy buscando información sobre... alguien que mi mamá conocía. —Señalo a Sunny, que está charlando con alguien fuera de la cafetería—. Ella también tenía un puesto como este al lado de un hombre que se llamaba Johnny.

El reconocimiento brilla en sus ojos.

—Lo siento. No puedo decirte nada.

Solo la miro fijamente.

—No sé nada de eso. —Mira a su alrededor nerviosamente, como si estuviera esperando que alguien saliera y la atacase—. Tengo que irme. —Se lanza alrededor del puesto y se sube a una bicicleta que saca debajo de su mesa.

—Oye, espera —le digo—. Por favor. Johnny era mi padre.

Ella hace una pausa. Por un momento, creo que va a hablar conmigo.

—Foxfire —la voz de Tank resuena en el mercado.

La sangre drena de la cara de la mujer.

—Un lobo —dice.

—¡No, por favor! —grito mientras veo mi único enlace con mi padre salir de la ciudad como si escapara de un incendio.

—¿Quién era esa? —Tank retumba detrás de mí. Me doy vuelta, y él debe de leer la desesperación en mi rostro—. ¿Era ella? —Yo asiento y me agarra de la mano—. Vamos. —Dejo que me arrastre al aparcamiento del hotel—. Ella va en una bicicleta —me dice mientras subimos al Daisy—. Si viene de esta manera a menudo, puedo rastrearla.

Nos detenemos en el tráfico justo a tiempo para que yo vea a Sunny cruzando la calle hacia nosotros, con dos vasos de papel en la mano.

~.~

—Solo hay un camino que podría haber tomado —dice Tank después de señalar la forma en que se fue el cambiante zorro. Dejamos a Sunny en el mercado, diciéndole que volveríamos pronto.

Avanzamos en tenso silencio, dejando rápidamente atrás todos los edificios para dar con un desierto abierto. Cuando salimos de la ciudad, Tank se detiene.

—Voy a ir en cuatro patas ahora. Sígueme en el autobús. Si alguien me ve y hace preguntas, le dices que soy un perro lobo cruza con un perro de montaña europeo, y me silbas. Iré cuando llames.

La idea de que Tank actúe como si estuviera domesticado ni siquiera me hace sonreír.

Tank se agacha en la parte de atrás para quitarse la ropa. En un minuto, un enorme lobo salta y trota a lo largo de la carretera.

Agarro el volante y me mantengo a centímetros detrás de él.

La cambiante zorra parecía tan asustada. ¿Es ella realmente una de las mías? ¿Qué sabe de mi padre? ¿Son todos los cambiantes zorro tan asustadizos?

Pasan algunos coches pero nadie se detiene. Tank me lleva a un pequeño desvío y desaparece por un momento detrás de las rocas. Luego saca la cabeza y ladra. Aparco el coche, cojo sus cosas y lo cierro.

Tank avanza en forma humana y se pone su ropa.

—El camino va por aquí. ¿Quieres hacer esto? Podemos regresar a la ciudad y esperar a mi contacto para ver lo que encontró sobre tu padre.

—No —digo, recordando la cara de la mujer en el mercado cuando mencioné el nombre de Johnny. Ella le conocía. Estaba asustada—. Es la línea más directa que tenemos. Vamos.

Caminamos a lo largo del paraje. Las rocas de color naranja rojizo serían el camuflaje perfecto para un zorro.

—Tan pronto como olió que eras un lobo, corrió —comento—. ¿Crees que es una solitaria?

—He escuchado que los cambiantes más débiles se mantienen unidos. Son reservados, y se unen para hacer fuerza. Sin embargo, no conozco a ningún zorro. Ya sea porque no hay muchos, o porque no hacen que su presencia sea ampliamente conocida.

—O porque no queremos que un lobo apestoso invada nuestra tierra. —Suena una voz, y empiezo a seguirla. Una pila gigante de rocas rojas bloquea nuestro camino, pero no hay señales de nadie. Doy un paso adelante, y Tank saca su mano para detenerme.

—Quítele las manos, lobo —gruñe alguien. Unos quince hombres aparecen detrás de las rocas. Algunos de ellos se levantan de la maleza detrás de nosotros. Todos tienen escopetas, y todos apuntan a Tank.

Estamos rodeados.

—Quédate donde estás, lobo.

Tank levanta las manos.

—No, no dispares. —Yo también levanto la mano—. No queremos hacer daño a nadie. A Tank, le susurro—: ¿Los oliste?

—No —responde.

—Todo este lugar huele a zorro, chico. —El zorro de aspecto más viejo, un hombre de cabello arenoso con una cara desagradable dice, con las manos en sus delgadas caderas.

Más hombres nos rodean. Están quemados por el sol, son bajos y musculosos. Todos parecen familiares. Varios son idénticos con su cabello rojizo.

—No estamos armados —dice Tank.

—Un lobo es un arma. No necesita una.

—Mira, no te hará daño —le espeto—. Él solo me está ayudando a encontrar a mis parientes.

El hombre entrecierra los ojos.

—¿Quién eres?

—Soy la hija de Johnny.

—¿Johnny? —Me mira fijamente, como si tratara de averiguar cómo me vería sin el cabello de color arco iris.

—Probablemente está mintiendo, papá —dice uno de los zorros más jóvenes. Es una imagen esculpida del líder mayor. Tank se agita a mi lado. Si alguien me amenaza, podría reaccionar. Lo lastimarán.

—Jordy —ladra el líder, y aparece otro zorro, una mujer. Ella mantiene la cabeza inclinada y los hombros encorvados, pero es la que vi en el mercado—. ¿Es ella?

Jordy asiente.

Uno de los hombres se acerca a mí y olfatea.

—Ella huele a lobo. —Escupe en el suelo.

Tank se desplaza a mi lado, y las escopetas se preparan.

—No, no, esto no es lo que queremos —digo—. Estoy aquí porque estoy buscando a mi padre. Nunca lo conocí, pero se mantuvo en contacto con mi madre. Ella es humana. Pero yo soy una zorra. —Levanto la mano y la hago cambiar. Tal vez porque estoy desesperada, o tal vez porque mi zorra sabe que está cerca de su propia especie, mi mano se convierte en una pata con pelaje rojizo.

Un murmullo ondea alrededor del grupo.

—Será mejor que vengas con nosotros —dice el líder —. No es seguro hablar abiertamente de esta manera.

—¿Qué? ¿Por qué? —pregunto, pero los zorros ya se están marchando. Jordy viene a estar a mi lado y me dice: «Porque —su voz es prácticamente un susurro— los drones podrían estar mirando».

~.~

. . .

Los zorros nos llevan a las colinas, a una de las cuevas en la roca marrón rojiza. Hacen una pausa para discutir si vendarle los ojos a Tank antes de que uno señale que, con su sentido del olfato, podría encontrarlos de todos modos.

—Quiero decir que no vengo a hacer daño —dice Tank—. Estoy aquí para ayudar a Foxfire.

—Estaré muerto antes de creer la palabra de un lobo —dice uno de los hombres más jóvenes, y escupe.

—Tranquilo, Jason —advierte el mayor, Pa.

Las escopetas se relajan, pero Tank se cierne cerca de mí. La única que no es abiertamente hostil es Jordy.

—Siéntate aquí —susurra ella cuando estamos refugiados en la boca de la cueva. Los zorros se reúnen a nuestro alrededor, sus líderes se posicionan en unas pocas rocas que les ayudan a pararse una cabeza por encima de Tank.

Pasan alrededor una jarra de algo que huele a la botella que Tank tenía la una bolsa de papel marrón, solo cien veces más fuerte. No nos lo ofrecen.

—¿Es así como tratas a todos tus visitantes? —Tank mira las armas.

—No recibimos muchos visitantes —dice Jason. El zorro a su lado escupe.

—¿Por qué han venido? —pregunta Pa.

—Solo quiero encontrar a mi padre. ¿Puedes hablarme de Johnny?

—Sí, él era uno de nosotros —habla Jason—. Mi hermano tonto.

—Entonces, ¿somos familia?

—Todos los cambiantes zorro somos familia —responde mi *tío*—. No somos muchos, gracias a los lobos.

—Mi manada nunca le hizo daño a nadie —dice Tank.

—No tenía que hacerlo. Los cambiantes desaparecen

todo el tiempo, y tienen el hedor de lobo por todas partes.
—Jason nos mira.

—¿De qué estás hablando? —pregunto.

—Johnny se ha ido —dice Pa sin rodeos—. Desapareció hace un año.

Tank y yo intercambiamos miradas. Noto a Jordy mirando fijamente el suelo.

—¿Simplemente desapareció? ¿Fuiste a buscarlo?

—No. No tenía que hacerlo. Los lobos se lo llevaron. Jeb y Joey fueron y olfatearon. —Mi tío señala a otros dos cambiantes de pelo arenoso que se parecen tanto que podrían ser hermanos. O primos.

—Tal vez deberías preguntarle a tu lobo dónde está tu padre —dice Pa.

—Los lobos no se llevan a la gente. —Tank frunce el ceño.

—Dice un lobo —se burla Jason.

—¿Sabes a dónde lo llevaron? —interrumpo su evidente contienda.

—Solo sé que se lo llevaron. Lo secuestraron en el mercado el verano pasado —responde Jeb o Joey. Todos estos nombres J y caras similares, es difícil distinguirlos.

—Johnny dirigía el puesto del mercado antes que Jordy. Tenía todas esas ideas pretenciosas de que los zorros eran parte de la sociedad —dice Pa.

—Mira a dónde lo llevaron —murmura Jason.

Trago a pesar del nudo en mi garganta.

—Ahora, Jordy dirige el puesto. No lo queríamos, pero ella insistió.

Jordy palidece visiblemente. No ha levantado los ojos del suelo. Es difícil verla defendiendo algo.

—Y mira lo que pasó —continúa Pa regañando a Jordy—: Un lobo nos rastreó.

—No es su culpa —digo—. Acabo de descubrir que

soy cambiante. Mi zorra quería encontrar a sus parientes. —Miro a mi alrededor las caras sombrías.

—¿Vives sola, chica? —Jason me mira de arriba abajo.

—Ella está bajo mi protección. —Tank se acerca a mí.

Algunos zorros sacuden la cabeza.

—Por favor, ¿puedes decirme algo más sobre mi padre? —continúo yo.

—Johnny era un raro. Andaba por todos lados, incluso se instaló en la ciudad una vez. Se mudó aquí cuando los cambiantes comenzaron a desaparecer.

—¿Qué tipo de cambiantes? —Tank pregunta.

—Osos, zorros, águilas. Algunos grandes felinos. Sobre todo los solitarios, o los débiles.

—¿Quién los tomaría? —pregunto.

—No lo sabemos. Lobos, algunos de ellos.

—No de mi manada —dice Tank rápidamente.

—¿Y eso importa? Todos ustedes son iguales. —Murmullos furiosos ondean a nuestro alrededor, y las escopetas se erizan de nuevo.

—Y Johnny, ¿sabía que esto estaba sucediendo? —Me pongo frente a Tank, con la esperanza de evitar que mis parientes se conviertan en una turba.

—Él lo sabía —responde Pa—. Y él quería detenerlo. No retrocedió hasta que fue demasiado tarde. Siguieron su aroma, y cuando fue al mercado, se lo llevaron.

—La familia cuida a la familia —dice Jason, y algunos zorros repiten sus palabras en un canto espeluznante. Segundo a segundo, mi extensa familia se siente más como un culto.

—Los zorros están destinados a vivir en secreto —continúa mi tío—. Johnny nunca aprendió. Y ahora se ha ido.

CAPÍTULO TRECE

Foxfire

Es TARDE cuando caminamos de regreso a Daisy. Los zorros proporcionan una escolta al borde de su tierra, pero solo Jordy camina con nosotros.

—Oye —le susurro mientras vamos a través de un denso matorral—. No estás en problemas, ¿verdad? Quiero decir, no es tu culpa que te hayamos encontrado. Te habríamos olfateado de una manera u otra.

Ella sacude la cabeza, pero no le creo del todo.

Cuando escuchamos el sonido de los coches en la carretera, Tank y yo nos encontramos solos.

—¿Estás bien? —pregunta mientras subimos a Daisy.

Apenas asiento. Mi padre está desaparecido, y lo ha estado durante la mayor parte del año. Mis parientes son un montón de zorros endogámicos, unos rústicos que odian a los lobos y viven en lugares remotos. No vimos a ninguna mujer aparte de Jordy, pero si ella es su ejemplo de mujer liberada, ni siquiera quiero saber qué piensan de las feministas *hippies* que se tiñen el cabello y son dueñas de negocios. No es de extrañar que Johnny no trajera a mi madre al redil. Por mucho que ella pudiera hacer su ropa casera y vivir en cuevas, no podría renunciar a las cafeterías y la plomería moderna.

—¿Foxfire? —Tank se ha detenido. Estamos en un restaurante en las afueras de la ciudad.

—Deberíamos llamar a Sunny —digo—. Mi mamá podría estar preocupada. O, conociéndola, supondrá que nos hemos escapado para hacer el amor en el bosque todo el día. Saco mi teléfono y le envío un mensaje de texto, preguntándole si podemos llevarle la cena. Ella responde de inmediato que se hizo amiga de algunas personas del mercado local y que va a una sesión vegana de comida y meditación con ellos esta noche.

Tank me guía al restaurante y pide comida.

Después de devorarse su suculento pedido, Tank me da un golpecito en un pie.

—Entonces, conociste a tus parientes. Es bastante inteligente de su parte esconderse así.

—¿Sabías que había gente... viviendo así?

—No. Pero no me sorprende. Es peligroso para las especies más débiles. —Frunce el ceño—. ¿Vas a comer el resto de tu hamburguesa?

Sacudo la cabeza.

—¿Qué hacen si tienen que ir al médico?

—Los cambiantes no necesitan mucha atención médica.

—¿Qué pasa con la comida? ¿Escuelas?

—No confían en ningún forastero. Cuidan de los suyos.

Él le indica a la camarera y le pide que ponga en una caja mi comida, junto con algunos pedidos adicionales.

A mitad de camino hacia el autobús, se detiene y me

aprisiona junto al edificio. Me presiona contra la pared y enmarca mi cara con sus grandes manos.

—Foxfire, habla conmigo.

—No sabían que tenía una hija —digo, a pesar del nudo en mi garganta—. No tenían idea...

Tank escudriña mi cara.

—No me quería. —Mi voz se tambalea.

—Nena. —Me abraza—. Sabes que eso no es cierto. Le envió dinero a tu mamá todos estos años.

—¿Por qué nunca vino a conocerme?

—Pensó que eras humana, ¿recuerdas? Tal vez quería protegerte.

—Sí.

—¿Crees que quería exponerte a esas personas? ¿Arriesgarse a que te reclamaran, exigiendo que te criaras entre ellos?

Sacudo la cabeza. La vida con Sunny definitivamente fue mejor de lo que hubiera sido con los extras del elenco de *Deliverance*.

—Suena como si él mismo hubiera estado tratando de escapar de ellos.

—¿Pero qué pasa con lo que dijeron? —pregunto—. ¿Cambiantes que desaparecen?

Tank se endereza. Las sombras se mueven por su rostro.

—No lo sé —dice finalmente—. No puedo decir si sus afirmaciones son ciertas o no. Tu padre podría haber corrido y escapado de ellos. Es posible que nunca nos enteremos.

—Simplemente apesta. Finalmente tengo una razón para buscar a mi padre, y llego un año tarde.

—Lo sé, nena. Lo sé.

Me dirijo al restaurante mientras Tank carga la comida

165

en Daisy. Cuando regreso, una voz suave me llama por mi nombre.

Me doy la vuelta y me asomo a las sombras.

—¿Jordy?

Mi pariente zorra está a centímetros de la pared donde se inclina su bicicleta.

—¿Viniste a buscarme?

—Quería darte esto. —Ella sostiene un pequeño objeto marrón, una cartera—. Es de Johnny. La dejó escondida en el puesto del mercado, el día que desapareció. La encontré en la caja de dinero cerrada. Yo era la única que tenía una llave.

Abro el cuero desgastado y miro la licencia de conducir. Un hombre de rostro solemne, de pelo claro, con pecas, me mira.

—Johnny —confirma—. Era mi hermano. Mayor por un montón de años.

Cierro la cartera, escondiendo la foto de mi padre.

—Eso te convierte en mi tía.

—Sí. —Ella sonríe tímidamente. No parece mucho mayor que yo, tal vez cinco años.

—Foxfire —dice Tank. Jordy se sobresalta.

—Está bien. —Me asomo y y le hago un gesto a Tank para que espere un minuto. Jordy se encoge contra la pared, el blanco de sus ojos brilla en la oscuridad—. No muerde, lo prometo.

—Los lobos son tan peligrosos —susurra Jordy.

—Te acostumbras a él. —Me encogí de hombros.

Ella sacude la cabeza.

—El clan no lo quiere cerca, incluso si es tu compañero.

—¿Mi qué?

—Te marcó. —Ella señala con su barbilla mi cuello. Me llevo una mano al lugar donde Tank me mordió—.

Eso es lo que hacen los lobos cuando encuentran a sus parejas.

—¿Y? —No estoy segura de lo que quiere decir con pareja—. Todavía soy una de ustedes.

—No, no lo eres. Y así es como tiene que ser.

—Pero ustedes son mi familia.

—Será mejor que te olvides de todos nosotros. Johnny querría que lo hicieras. Johnny deseaba poder hacerlo a veces.

—¿Todo bien? —Tank camina lentamente hacia nosotras.

—Tengo que irme. —Jordy agarra su bicicleta y se sube, lista para huir.

—¿Vas a estar bien? —Tank le pregunta.

—Sí.

Agrego:

—¿No estás en problemas por venir a hablar con nosotros?

—Tenía que venir. Johnny lo hubiera querido.

—Jordy... —Quiero decirle que no tiene que volver, puede venir a vivir conmigo. Pero ni siquiera sé qué voy a hacer. Pensé que encontraría a mi padre y que las cosas mágicamente tendrían sentido.

—Anota nuestros números —decide Tank por mí. Busco a tientas en mi bolso un bolígrafo y papel y apunto los dígitos—. Si te metes en problemas, llamas. —Le alcanza el papel a Jordy—. Te sacaremos de allí.

Ella le arrebata el papel y lo dobla para que desaparezca entre su ropa antes de pedalear.

—¿Estás bien, nena? —La mano de Tank descansa sobre mi cuello, acariciándome.

—Sí —susurro, viendo la figura solitaria de mi tía volver hacia el desierto.

. . .

~.~

Tank

FOXFIRE ESTÁ TRANQUILA mientras conduzco al hotel. Jordy le dio algo. Puedo olerlo en su bolso, pero ella no lo menciona, así que yo tampoco.

De vuelta en la habitación, desaparece por unos minutos en el baño. Le doy espacio, tocándola ligeramente cuando se va y tomo mi turno para lavarme.

Cuando salgo, ella está acostada en la cama, mirando el techo. La bolsa de comida está junto a ella, intacta. No me gusta lo poco que ha comido, pero lo entiendo. Ha sido un día intenso.

Me acuesto a su lado.

—¿Qué necesitas? —pregunto.

Un pequeño suspiro se le escapa. Su aroma cambia. Antes de que pueda analizarlo, ella rueda para mirarme, parpadeando sus grandes ojos grises.

—Hazme el amor, Tank.

No sé qué decir, así que me quedo en silencio. Todo su mundo está al revés. Soy el único con quien puede que hablar. Estoy feliz de estar aquí para ella, simplemente no estoy seguro de merecer su confianza.

—Por favor. —Ella se retuerce más cerca, con la cabeza inclinada hacia la mía—. Necesito que me toques. —Levanta la mano, duda y luego toca mi cabello—. Te necesito.

Trago con fuerza. Pensé que resistirme a Foxfire, la gatita sexual de pelo loco, era difícil, pero verla tan apenada me duele. Nada en el planeta me impediría darle a mi pareja lo que necesita. Incluso si no he pensado aún el hecho de que la he marcado.

Ella es mía para siempre. Y todavía no estoy seguro de que esa sea la mejor idea.

¿Qué estoy diciendo? A mi puto lobo le encanta la idea. Solo tengo esta sensación de picazón sobre cómo todo esto caerá en la manada. Estoy aquí en Flag cuando debería estar vigilando Eclipse y y los demás negocios de Garrett en Tucson. ¿He abandonado mi manada por una hembra, al igual que mi padre?

Pero puedo averiguarlo más tarde. En este momento, mi niña me necesita. Envuelvo mi mano alrededor de su nuca y la beso.

No hablamos. No tenemos que hacerlo.

No soy rudo esta vez. Soy dulce con ella. No del todo tierno, no sé si eso es posible para mí, pero tan gentil como puedo. Acaricio mi lengua en su boca, chupo sus labios. Abre su camisa y arrastra su sujetador. Adoro sus pezones, chupándolos, pellizcándolos, besándolos. Me muevo por su vientre, la despojo de sus pantalones.

Ella comienza a mendigar por mi polla en el momento en que mi boca está en su núcleo, y no tengo el corazón para retrasar su orgasmo. Me levanto y me quito la ropa.

—¿Quieres esto, nena? —Agarro mi polla.

—Sí, Tank. Te necesito.

Me subo sobre ella y froto mi polla a lo largo de su hendidura brillante. Por una vez, uso un poco de moderación, avanzando lentamente, haciendo todo lo posible para no convertir esto en otro festival que rompa la cama.

Ella se arquea y me aprieta con fuerza.

Joder. Quizás sea otra ronda rompedora de cama. Me muevo dentro de ella, sosteniendo su mirada gris, atando mis dedos sobre su cabeza..

—¿Es esto lo que necesitas, pequeña zorra?

—Sí —se ahoga. Ella está levantando su pelvis para

encontrarse conmigo en cada embestida, frotando su punto dulce sobre mi polla—. ¡Sí!

Mantengo nuestros cuerpos conectados, pero me doy la vuelta. Voy a dejarla dirigirme, por una vez. Ella se coloca sobre mí a horcajadas, y yo agarro sus caderas, deslizándola hacia arriba y hacia abajo a lo largo de mi polla. Sus pechos rebotan, el color enrojece sus mejillas. Deja caer sus manos sobre mi pecho y clava sus uñas en mi piel. Le permito que ella se apodere del ritmo.

Sus ojos se deslumbran, los labios se separan. Ya ha sido disparada al espacio exterior, pero no la hago quedarse conmigo. Necesita esto.

—Libérate, nena. Toma lo que necesites.

Me monta con prisa, haciendo los gruñidos más sexis hasta que llega al orgasmo. Sostengo sus caderas en su lugar y levanto las mías, follándola profundamente hasta que me voy como un petardo.

Tararea y se acomoda encima de mí, desnuda, con la mejilla acunada en mi pecho. Corro mi mano hacia arriba y hacia abajo por su espalda, calmándola, escuchando los latidos de su corazón ralentizarse.

—¿En qué está pensando? —pregunto.

—En mis parientes.

—Ah.

Sí, no hay palabras.

—Al menos los encontré. —Es un intento obvio de ver el lado positivo, y hace que mi pecho se apriete por ella—. Y supongo que ya sabemos por qué soy tan rara.

—No digas eso —le digo de inmediato.

—¿Qué? —Ella levanta la cabeza.

—Nadie te llama bicho raro. Si atrapo a alguien que te insulta, haré que pague. —Bajo las cejas—. Incluso si eres tú.

Sus labios se arquean con una sonrisa reacia.

—¿Me vas a azotar por llamarme *rara* a mí misma?

—Sí.

Foxfire resopla, pero le dejo ver que estoy hablando en serio al ciento por ciento. No se trata de castigarla, sino de defenderla. Porque, a pesar del consejo de mi padre, elegiré Foxfire sobre el manada, si se trata de eso. Si cualquiera de mis hermanos de manada la juzga, se van a tragar mi puño entero.

Ruedo sobre ella, sosteniendo la mayor parte de mi peso mientras sigo cubriendo su esbelto cuerpo con el mío. Ella no se mueve, no respira, mirándome como si yo le colgara la maldita luna. Quiero embotellar este sentimiento para siempre. La gloria de ser su amante, su protector.

—Nadie insulta a mi chica. —Le acaricio el cuello, justo encima de la marca que le hice. Todavía no se lo he explicado. Todavía tengo que pensar en eso, y ella tiene demasiadas cosas en su cabeza. Pero lo haré.

Ella es mía ahora, le guste o no.

CAPÍTULO CATORCE

Foxfire

Alguien llama a la puerta. Tank y yo estamos con nuestras piernas y brazos entrelazados.

—Vaya —murmuro.

—Está bien, nena. Yo me ocupo —susurra Tank, el fantasma de sus dedos se arrastra por mi espalda mientras sale de la cama.

La voz de mi madre se mezcla con los sueños de regresar a las cuevas de zorros para conocer a mi padre y convencer a Jordy de que se tiña el cabello de azul.

Me sacudo mientras la cálida mano de Tank me cubre el hombro:

—Foxfire, tenemos un problema.

Me despierto.

—¿Qué?

—Alguien rajó nuestros neumáticos anoche. Tu mamá salió temprano esta mañana y los vio.

—Oh, no.

—Los vándalos no dejaron una nota ni nada, solo el olor a zorro en los neumáticos.

Empiezo a levantarme y Tank me presiona la espalda:

—Tú te quedas. Yo me encargaré de ello. Vi una tienda a la vuelta de la esquina.

—¿Por qué los zorros harían esto?

—Envían un mensaje. No quieren que volvamos a visitarlos.

—¿Haciendo que sea difícil ir?

—Puede que no sean los cambiantes más inteligentes que existen. Tu padre debe haber sido la excepción.

—Lo siento.

—No es tu culpa. Descansa, nena. Necesitas dormir.

No se equivoca. En el momento en que se ha ido, estoy cayendo de nuevo en mis sueños revueltos y alocados.

Cuando finalmente me levanto, Tank aún no ha vuelto, así que me ducho y hago mis cosas de la mañana. Tengo círculos oscuros debajo de mis ojos, y parece que he perdido peso. Incluso mi pelo normalmente brillante cae un poco. Tal vez debería teñirme de pelirrojo. O azul, tal vez mi sueño era una señal.

La cartera de mi padre yace en la mesita de noche, donde la puse anoche.

La abro.

—Oye — le digo a mi papá—. Mira, Sunny dice que no quería conocerte cuando era niña. No es verdad. Quería saber por qué los otros niños tenían papás, y yo no. Quería conocerte. Pero cada vez que ella lo mencionaba, es cierto, yo lo negaba.

»Sunny hizo todo lo posible. Sé que tú también lo hiciste. Pero desearía que hubieras sido más egoísta. Era una niña fuerte. Podría haberlo manejado. Ojalá te hubiera conocido. Ahora tengo la sensación de que nunca lo haré.

173

Cierro la cartera. ¿Por qué mi padre dejó su cartera antes de irse de la ciudad? ¿Fue un mensaje para Jordy?

Busco en los compartimentos, y aparte de unos pocos billetes doblados y una tarjeta de la biblioteca, no hay nada. Excepto, cuando busco en un bolsillo interior y descubro una llave de latón. Un pequeño trozo de cinta la marca con un número largo. ¿Un código? ¿Es esta una clave para una caja fuerte? Guardo la llave con cuidado. Tank lo sabrá. Agarro mi teléfono y lo llamo.

Unos segundos más tarde me doy cuenta de que su bolso está vibrando. Debe de haber dejado su teléfono aquí. Voy a buscarlo, estoy lista para correr y encontrar a Tank y decirle lo que descubrí. Tiene algunas llamadas perdidas de anoche y esta mañana. Una es de Garrett. Incluso hay un texto de un tal Jared que dice: *¿¡¿Estás vivo?!?*

Imagino que Tank ha estado descuidando su manada para lidiar con mi drama.

Mientras estoy así, sosteniendo el teléfono y sintiéndome culpable, suena. El nombre de la persona que llama es «Papá».

Mordiéndome el labio, respondo.

—Este es el teléfono de Tank. Él no está aquí en este momento, pero puedo tomar su mensaje.

—¿Quién eres? —pregunta una versión anterior de la voz de Tank.

—Soy Foxfire. ¿Querías hablar con Tank? Dejó su teléfono aquí, pero debería estar de regreso...

—¿Hay alguna razón por la que estás contestando su teléfono?

—Simplemente salió corriendo para hacer un recado y lo dejó aquí. Le diré que llame a su manada tan pronto como regrese, ha estado ocupado... ayudándome con algunos problemas familiares.

Silencio. Hago un guiño. No es así como quería que fuera una introducción con el padre de Tank.

—Soy una cambiante zorro, —le informo, y luego me pregunto si fue prudente decirle eso—. ¿Eres su padre? Es un placer conocerte...

—Mira —interrumpe el hombre—. No sé quién eres y no me importa. Tank ha estado contigo mientras su alfa y los miembros de la manada están en problemas.

—¿Qué? —El aire parece abandonar la habitación.

—No sé qué está haciendo contigo, pero su alfa está de vuelta en la ciudad ahora, y quiere respuestas. Tank necesita ser sabio y volver a sus deberes.

Es mi turno de guardar silencio, él prosigue:

—Escucha, no quiero ser duro contigo. Pero Tank es el segundo en la manada. ¿Sabes lo que eso significa? Su alfa depende de él. No necesita que una mujer arruine su lugar en la manada.

—Yo no haría eso —digo, intentando no tartamudear —. Acabamos de conocernos, pero me preocupo por tu hijo.

—Si te preocupas por él, serás cuidadosa con él. ¿Dices que eres una cambiante zorro?

—Sí...sí.

—Los cambiantes no se mezclan con otras especies. Tank necesita a una compañera que lo entienda, que pertenezca a su especie.

—Le diré a Tank que llamaste —susurro, y cuelgo. Mi cuerpo está entumecido, como si me hubieran apaleado contra el suelo.

«Los cambiantes no se mezclan con otras especies».

Mis parientes, agitando armas contra Tank.

«Tank necesita a una compañera que lo entienda».

Tank al volante de su camioneta, tratando de explicarme cómo funciona una manada.

«Él pertenece a su especie».

La cara de Tank, llena de lástima mientras miraba a Jordy. A mí.

Las llamadas perdidas. Su insistencia en que no puede involucrar a su manada. Las palabras duras de su padre, sin enfado, pero con preocupación.

No pertenezco a su mundo. Definitivamente él no pertenece al mío. Estoy haciendo justo lo que hizo su madre, poniendo en peligro su buena manada.

«Soy una egoísta, egoísta, egoísta». Empaco mis cosas y las dejo en la habitación de Sunny.

Me enteré por Sunny dónde Tank tiene el coche remolcado. Resulta que está a pocos pasos del hotel.

Tank viene alrededor del autobús cuando me acerco, frotando sus manos grasientas en un trapo.

—Los neumáticos deberían estar aquí al mediodía. Acabo de hacer un cambio de aceite, y voy a comprobar algunas cosas más antes de irme. —Me mira—. ¿Todo bien?

Mis pies flaquean. Ensayé lo que voy a decir en el camino, pero, al verlo, bíceps estirando las mangas de su camisa, jeans arrugados con manchas de aceite, prueba de que estaba cuidando el vehículo de mi madre a pesar de que no se lo pedimos, y ella probablemente no le pueda pagar... Tank siendo Tank.

—Entonces, ¿nos vamos? —digo.

Se encoge de hombros.

—Depende de ti. Estaba pensando que nos quedaríamos unos días más, a ver si podemos obtener más pistas sobre tu padre...

Sacudo la cabeza. Es como dijo su padre. Soy una bola y una cadena, arrastrándolo hacia abajo.

—Tienes que irte —le espeto. Su cabeza se sacude hacia

atrás, las cejas se anudan—. Quiero decir... Creo que es mejor si vuelves con tu manada. Te necesitan. Mis parientes no me hablarán contigo cerca y... —Me encojo de hombros.

Me estudia un momento.

—¿Qué pasa, Foxfire?

Respiro hondo y saco la artillería pesada:

—¿Cuándo me ibas a decir que me marcaste como compañera?

~.~

Tank

FOXFIRE FROTA sus palmas en sus jeans, pero se mantiene firme. Su aroma está apagado, de alguna manera, y no me está mirando directamente a los ojos.

Hasta ahora.

—¿Y bien? Me marcaste, Tank.

Joder.

—¿Quién te dijo eso?

—Jordy. —Ella tira de su cabello hacia un lado, desnudando la roncha roja. Se ha curado muy bien. Los cambiantes se curan rápido, pero el suero en mis colmillos para reclamar una compañera asegura que deje una marca.

—Foxfire.

—¿Por qué, Tank? —Su voz es dura. Nunca antes había escuchado este tono de ella. Si no supiera nada mejor, diría que alguien secuestró a mi mujer y puso a una actriz en su lugar.

—Me equivoqué —digo, frotándome la nuca—. No quise hacerlo.

Cierra los ojos.

Joder.

—Explícate.

—No puedo. Mi lobo te quiere. Él siempre te ha querido. Pero fue un error de mi parte hacerlo. Debería haber tenido un mejor control.

—No pertenecemos a la misma especie —digo—. Tú eres un lobo y yo soy una zorra.

Me acerco hacia ella, y ella saca su mano para mantener el espacio entre nosotros.

—Tu padre te llamó.

Me doy cuenta de que ella está sosteniendo mi teléfono.

—Garrett y los demás se preguntan dónde estás. Tu manada está problemas.

—¿De qué estás hablando?

—Te necesitan, Tank. —Respiro hondo—. Yo no te necesito. Ya no.

Busco su rostro. Nada de Foxfire allí, ni luz, ni emoción. Insensible y fría. La marqué sin permiso. Ella tiene derecho a estar molesta.

Tan pronto como tomo mi teléfono, ella se da la vuelta. Tiene razón. Mi teléfono está lleno de mensajes de texto y llamadas de la manada. Mi alfa. Mi papá.

—Atendí una llamada de tu papá —dice—. No debería haberlo hecho, pero dejaste tu teléfono y no quería que se preocupara. De todos modos, me dijo que tu manada te necesita.

Joder. Hay un texto de Garrett para toda la manada. Una reunión, esta noche.

—Debería irme —digo.

—Creo que es lo mejor. —Ella no me mira de vuelta

—. Podemos llevarte.

Maldita sea. Dejarla, especialmente ahora, cuando está enfadada conmigo, va en contra de cada célula de mi cuerpo, ya sea cambiante o humana. Pero no puedo eludir mis deberes con la manada, y ella claramente no me quiere aquí. Tal vez solo necesita algo de espacio. Volveré a conectarme con ella después de la reunión de la manada y haré que hable conmigo.

—La tienda de vehículos tiene una motocicleta que puedo comprar y usar para regresar a Tucson. Todas las reparaciones están pagadas y los neumáticos deben estar colocados antes del cierre del lugar. Llamaré cuando llegue a Tucson para asegurarme de que tú y tu madre estén bien.

—Estaremos bien —dice con fuerza—. No hay necesidad de preocuparse.

Supongo que estoy probando mi propia maldita medicina. Ella me ha excluido totalmente.

Mis instintos me gritan que no me vaya, pero quedarme no tiene sentido. El largo viaje en motocicleta despejará mi cabeza. También lo hará la reconexión con mi manada.

~.~

FOXFIRE

DEAMBULO POR EL MERCADO, deteniéndome en el viejo puesto de mi padre. El aroma a zorro se está desvaneciendo. Algo me dice que Jordy no volverá a dirigir el puesto. Esto es un callejón sin salida. Todo este viaje lo fue.

Me trago un sollozo. El viento se levanta. Periódicos viejos se arremolinan en las ráfagas. Una oleada trae el aroma del aceite de pachulí.

—¿Foxfire? —Sunny se aproxima—. Acabo de ver a Tank: compró una motocicleta usada en el taller de reparación y regresa a Tucson. ¿Está todo bien?

Me echo a llorar.

~.~

DE VUELTA en nuestra habitación de hotel, le cuento todo. Todo excepto que somos cambiantes, por supuesto. Ella hace una mueca ante mi descripción de la familia de Johnny, pero no parece sorprendida.

—Él me habló un poco de ellos. Suficiente para dejar claro que yo nunca querría conocerlos. Todos trabajaban en el negocio familiar, sin actividades externas. Los hombres eran dominantes, las mujeres estaban encerradas. Tienen una sociedad muy rígida, muy patriarcal. Tu padre no era así en absoluto.

Le muestro la cartera y sonríe ante la foto de Johnny.

—Encontré esto. —Saco la llave. No estoy segura de lo que abre, pero la dejó cuando desapareció. O se lo llevaron. No sé mucho sobre la sociedad de los cambiantes, pero si su clan pensó que fue secuestrado, yo les creí. Después de todo, se había alejado antes, cuando conoció a mi madre. Esto sonaba diferente.

—Esto probablemente abra una caja de seguridad —reflexiona Sunny—. Todo lo que me envió fue desde la oficina de correos aquí. Ya la visité, la gente muy agradable. Se acuerdan de Johnny.

—¿Lo han visto?

—No desde principios del año pasado.

Mientras recupero la llave, no puedo sacudirme la sensación de temor. Mi padre desapareció y dejó su cartera en una caja de dinero cerrada. Tal vez tenía la intención de regresar y la dejó allí por seguridad. O tal vez no.

—Deberíamos... —Me tropiezo con las palabras porque se sienten como un reconocimiento de que Johnny realmente se ha ido. Definitivamente—. ¿Deberíamos ir a ver qué abre la llave?

—Creo que tu padre la dejó para que alguien la encontrara.

~.~

Papeles, papeles y más papeles, desde notas escritas a mano hasta recortes de periódicos fotocopiados. Mi padre no era un zorro, era más bien un coleccionista.

Ocultando mi decepción a Sunny, vuelco el contenido en una caja que la amable gente de la oficina de correos nos proporcionó, y regreso al hotel. Extendemos todo en la cama, y me como mis sobras de anoche mientras Sunny lee los papeles.

—Interesante —dice—. Esto parece una investigación. Algún tipo de proyecto.

Un titular de periódico me llama la atención. «Madre desaparecida», leí. Y aquí hay otro. «Hombre local desaparecido».

Abro el cuaderno de mi padre y encuentro una lista de correspondencias. Nombre, fecha y un nombre de animal. Leo algunos antes de darme cuenta de lo que significa el animal. Oso, león, águila, cuervo, son tipos de cambiantes.

—Johnny estaba investigando a personas desaparecidas

—dice Sunny, y comienza a apilar los recortes de periódicos a un lado. Al final hay más de treinta, con algunos más marcados en la lista en el cuaderno.

No solo personas desaparecidas. Cambiantes desaparecidos.

Los zorros tenían razón. Los cambiantes están desapareciendo. Y mi padre estaba recopilando pruebas para demostrarlo.

—¿Qué es esto? —Sunny levanta un pedazo de papel, copiado de algún tipo de mapa. Johnny esbozó algunas casillas en él, algunas grandes, otras pequeñas, con etiquetas con su prolija caligrafía.

—Almacén principal, área de jaula, laboratorio uno, laboratorio dos —dice Sunny.

—Unas instalaciones —digo, haciendo coincidir el mapa con las notas de mi padre—. Están cerca de la frontera con Arizona, a las afueras de la Reserva de la Montaña Ute. Parece un desierto total. —Saco mi teléfono y busco las coordenadas, pero Google Earth no muestra ningún edificio—. Es una instalación secreta. —Levanto la cabeza y me encuentro con los ojos muy abiertos de mi madre—. Ahí es donde terminan las personas desaparecidas. ¿Ves? —Doy la vuelta al final del cuaderno, donde Johnny tiene fechas y notas de camiones que se mueven dentro y fuera de las instalaciones. Incluso anotó matrículas—. Entrega, 26 de octubre. Encontró este lugar y lo espió durante más de un año. —Señalo la última fecha. 24 de abril del año pasado—. Pensó que algo sospechoso estaba pasando, y el edificio era la zona cero.

—¿Qué significa esto?

—Johnny no solo no se alejó. Tampoco lo hicieron estas personas desaparecidas. Si sus notas son correctas, no se desvanecen en el aire simplemente.

—Se los están llevando.

CAPÍTULO QUINCE

Tank

La moto tenía medio depósito de gasolina, así que apuré unas horas antes de hacer una parada en la estación. Antes de salir a la carretera, le envié un mensaje de texto a Garrett y a algunos otros. Aparentemente, tuvieron una aventura en México, pero todos están a salvo en casa ahora. Informarán a todos en la reunión de la manada, y les hice saber que volvería a tiempo para eso. Voy a conducir todo el día sin parar, excepto por la gasolina. Dejar que el camino y el aire fresco sacudan el recuerdo de los últimos días, humanos, *hippies*, y la dama zorra con cabello *Looney Tunes*.

Foxfire. Joder.

Papá tenía razón. Las mujeres están locas.

Ni siquiera sé qué pasó allí, pero siento que un tren de carga acaba de atravesar el centro de mi pecho.

Cuando paro por gasolina, enciendo mi teléfono.

Algunas llamadas perdidas, la más reciente de un número desconocido, y mi padre. Lo llamo de vuelta.

—¿Hijo? —La voz de mi padre es tensa.

—Sí, papá. Soy yo. Voy de regreso a Tucson.

—¿Todo bien?

—Sí. —Me froto la cara, sintiéndome como si hubieran pasado cien años. Mi lobo está en silencio, como si estuviera enfermo. Me pregunto si mi papá se sintió así cuando mi mamá se fue. Una pérdida como la falta de una extremidad—. Estoy solo.

Él duda.

—Cometí un error —le digo—. Pero es para mejor. Pronto estaré con mi manada.

—Hijo. —Se aclara la garganta—. Lamento que las cosas no funcionaron. Hablé con tu mujer antes.

—¿Sí? —Foxfire mencionó que habló con él.

—Quizá fui más duro con ella de lo que necesitaba ser. Solo estaba tratando de protegerte.

—¿Qué dijiste? No, no importa. El instinto de apareamiento: tenías razón. Viene fuerte.

—Tú... ¿era ella tu compañera?

—Sí. —Estoy apabullado, pero no puedo negar cómo se siente mi lobo por Foxfire. Cómo me siento.

—No lo sabía —murmura mi padre.

—¿Qué importa? Los instintos de apareamiento arruinan a un lobo. Siempre me dijiste eso. —El depósito de gasolina de mi motocicleta está lleno. Si vuelvo a la carretera, ahora, puedo llegar a Tucson y que no sea demasiado tarde a la reunión—. De todos modos, tengo que ir...

—Hijo, hay algo que debes saber de tu madre.

—Ella traicionó a la manada. Te traicionó.

—Ella no era mi compañera.

—¿Qué?

—Éramos estúpidos y estábamos enamorados. Ella quería que la marcara. Pero mi lobo... él lo sabía. Traté de hacer que funcionara.

—¿Mi mamá no era tu pareja? —Mi cabeza está dando vueltas—. Pero pensé...

—Te dije que tengas cuidado con el instinto de apareamiento. Pero, mirando hacia atrás, me di cuenta de que nunca lo tuve con tu madre. El error que cometí, eso está en mí.

No sé qué decir.

—Hice todo lo posible para criarte bien —continúa mi padre—. Hice lo que pude. Pero, ahora eres un hombre. Puedes tomar tus propias decisiones. Y si tu lobo decide que es hora de tomar una compañera, incluso si es una zorra...

—Los cambiantes no se mezclan. Siempre me dijiste eso.

—No lo sé. Los tiempos están cambiando. Tu propio alfa acaba de tomar una compañera humana...

—¿Qué? —Mi teléfono pita con un mensaje perdido, y no puedo soportar escuchar nada más—. Papá, tengo que irme.

—Está bien, hijo. Circula a salvo.

Los últimos días han sido una locura, y estoy de vuelta en la dimensión desconocida. Mi papá acaba de llamar y me dijo que está bien tomar una compañera. Puede que no tenga su bendición, pero al menos no me va a repudiar.

Al menos no hasta que vea el peinado de Foxfire y conozca a su madre.

Mi teléfono vuelve a sonar, impaciente, y presiono el botón para escuchar mis mensajes.

Una voz suave comienza a hablar, y tengo que aumentar el sonido.

—Es Jordy. Pensé que querrías saber... Foxfire y su

madre vinieron. —Me tenso—. Tenían un montón de evidencias sobre los cambiantes desaparecidos y una ubicación...

Un grupo de motociclistas se acercan, sus Harleys ahogan el casi susurro de Jordy. Me apeo al borde del aparcamiento para tranquilizarme un poco.

—Los más viejos se negaron a ayudar. Estamos empacando. Este lugar no es seguro para nosotros. —Una pausa—. No trates de contactarme en este número. Nos iremos antes de que Foxfire vaya al complejo donde podrían estar retenidos los cambiantes que faltan. Ella dijo que te habías ido, y sé que es tu compañera. Solo pensé que querrías saberlo.

Escucho el mensaje dos veces más y luego golpeo la tecla de remarcación de llamada. Efectivamente, el número está desconectado.

Joder.

Llamo al número de Foxfire. Va al correo de voz.

—Foxfire. Llámame. —También le dejo un mensaje de texto y vuelvo a llamar pensando: «Contesta, contesta, contesta».

—¿Hola? —Al sonido de su voz, mi lobo levanta la cabeza.

—¿Dónde estás? —gruño.

Ella no dice nada.

—Acabo de recibir una llamada de Jordy. Dijo que encontraste más información sobre los cambiantes desaparecidos, incluido un lugar donde podrían estar retenidos. Así que quiero saber dónde estás.

—¿Qué te importa?

Ignoro eso.

—No me digas que estás en las instalaciones.

Silencio.

—Foxfire. —Mi teléfono cruje bajo la fuerza de mi

agarre—. Tu padre desapareció. Si fue secuestrado, entonces estas personas son peligrosas.

—Lo sé. No soy estúpida.

—Entonces, ¿qué vas a hacer?

Silencio.

—Foxfire…

—Voy a esperar hasta que oscurezca y colarme. — Escucho un ligero crujido. Mi funda del aparato. Aflojo el agarre—. ¿Qué pasa si hay guardias?

—Voy a prender fuego y activar de la alarma de incendio.

—¿Prender fuego?

—Sí, solo uno pequeño.

—El incendio provocado no es un plan. —Mi voz es un gruñido tan profundo que es casi irreconocible. Yo mismo me calmaré antes de que me transforme y haga un alboroto—. Nena, quédate donde estás. Estaré allí pronto.

—No me llames así. No soy tu nena. Y definitivamente no quiero ser tu responsabilidad. Puedo cuidarme, siempre lo he hecho.

«¿Responsabilidad?». No sé de qué coño está hablando Foxfire, pero no tenemos tiempo para discutirlo ahora.

—Dame la dirección, Foxfire. No te pongas en peligro. O a tu mamá. Voy a por ti. —Estoy a horcajadas sobre mi motocicleta, listo para salir—. Dime dónde estás.

—Ve a Tucson. Donde te necesiten. No quiero que sigas tu *compulsión* de cuidarme. —Ella cuelga.

Tiro la cabeza hacia atrás y estoy aullando. Cuando he terminado, los conductores de las Harley me están mirando. Les gruño y guardo mi teléfono. Mi motocicleta deja marcas en el pavimento mientras acelero.

A pocos kilómetros por el camino, empiezo a pensar con claridad. Tuvo tiempo de visitar a los zorros y luego llegar al complejo, dondequiera que esté, en las últimas horas. Si alguna vez vuelvo a encontrarme con esos ancianos, les voy a arrebatar a uno nuevo por dejarla desprotegida.

«La dejaste primero», me recuerda mi lobo. Y tiene razón. Y ahora Foxfire ni siquiera quiere que vaya. No es que vaya a dejar que eso me detenga. Nunca volveré a cometer ese error.

Vuelvo a salir de la carretera y hago una llamada. Jackson responde en al primer tono.

—¿Tank?

Le cuento mis noticias a toda prisa. Jackson es un hombre lobo y posee una compañía de seguridad de sistemas por valor de más de mil millones. Ah, y su esposa es una de las mejores hackers del mundo. Ya le pedí a él y a Kylie que me ayudaran a localizar al padre de Foxfire. Explicar no lleva mucho tiempo.

—¿Qué necesitas? —Jackson pregunta—. Tengo a Kylie aquí.

—Oye, Tank. —Una voz brillante entra en juego. Kylie es joven para ser una hacker tan deslumbrante, una hermosa *nerd* con quien Jackson se apareó casi tan pronto como puso los ojos en ella.

—Gracias por todo el trabajo que están haciendo en esto —digo rápidamente, poniendo tanto respeto en mi tono como puedo—. No tienes idea de lo que esto significa para mí y mi compañera.

—No hay problema. —Su calidez llega a través del teléfono—. Encantada de ayudar. Pero hay algo que debes saber. Hice unas indagaciones, no demasiadas. Jackson no quiere que los federales me encuentren de nuevo.

Jackson murmura algo que no escucho.

—Profundicé bastante en algunos... canales ilegales. Una especie de bolsa de trabajo para criminales.

—Está bien… —digo, como si la estuviera entendiendo, lo cual no es cierto.

—El nombre de Foxfire estaba allí. Específicamente, es un trabajo poco remunerado para capturarla y transportarla… una orden de secuestro.

Los escalofríos bajan por mi columna vertebral.

—Había una recompensa por ella. Mil dólares, si la llevaban con vida.

—¿Qué dijiste?

Kylie lo repite, pero apenas estoy escuchando. El matón en su puerta. Los hombres de la mafia sacudiendo a su madre. No se trataba de Sunny. Buscaban a Foxfire.

—¿Tank? ¿Todavía estás allí?

—Sí. Dame un momento.

Hay gente arrebatando cambiantes. Johnny lo investigó y se lo llevaron. Y ahora están detrás de Foxfire. ¿Por qué?

Mi teléfono vibra con un texto. Lo miro fijamente por un segundo antes de darme cuenta de lo que estoy viendo.

Pensé que podrías necesitar esto, dice Sunny, y me da una dirección. No es una dirección de carretera, solo grados de longitud y latitud. Para bien o para mal, la madre de Foxfire está de mi lado. Gracias por la Reina de La La Land.

—Espera —digo— tengo una dirección. —Le leo a Jackson las coordenadas.

—No hay nada allí —dice Kylie después de escribir ferozmente—. Oh, espera. Había algo: un edificio, o algunos de ellos. Pero parece que se actualizó para no mostrar nada allí.

—¿Qué significa eso?

—Algo es sospechoso. Muy, muy sospechoso —dice Kylie—. Estoy en eso.

—Tengo que irme —les digo—. Creo que Foxfire está en peligro.

—Trabajaremos en esto y estaremos en contacto —promete Jackson antes de colgar.

Tengo ganas de salir a la carretera, pero hay una llamada más que necesito hacer. Llamo a mi alfa.

—Oye, Tank, qué es...

—Necesito respaldo —interrumpo, y me apresuro a llenar el conmocionado silencio que sigue. Garrett sabe que no lo interrumpiría sin una buena razón—. Foxfire es una cambiante zorro. Su padre también lo era, y está desaparecido. Sus parientes no lo buscarán. Dicen que fue arrebatado por cambiantes. Han rastreado su aroma hasta un almacén, y Foxfire está a punto de entrar corriendo.

—¿Secuestradores de cambiantes?

—El padre de Foxfire estaba investigando sobre ellos antes de que él también desapareciera, hace un año. Foxfire se enteró, y ahora ella va a retomar el asunto donde él lo dejó. —En cualquier momento mi alfa va a interrumpirme y ordenarme volver a casa—. Sé que suena loco, pero creo que deberíamos ayudar. Voy a hacerlo, decidas lo que decidas. —El desafío no les sienta bien a los lobos. Podría perder mi lugar.

—Foxfire es una zorra —dice Garrett lentamente.

—Sí.

—Y su padre ha sido secuestrado.

—Hace un año. Puede que no esté vivo. —Estoy a punto de decirle a mi alfa que necesito irme y lidiar con las consecuencias más tarde, cuando Garrett maldice.

—Tratamos con esos jodidos en México. Hagas lo que hagas, no los mates a todos.

—¿Qué?

—Pon a tu mujer a salvo. Entonces llámame. Espera, Amber tiene algo que decir.

Me lleva un segundo recordar quién es Amber. La amiga de Foxfire, la pequeña humana que Garrett estaba husmeando. Mi papá dijo que mi alfa la reclamó como compañera.

—Tank, necesitas salir a la carretera, ahora. Amber es psíquica, y ella dice que no tienes tiempo que perder. Si no estás allí al anochecer, Foxfire estará en problemas.

CAPÍTULO DIECISÉIS

Foxfire

Levanto los binoculares y vuelvo a observar el perímetro del recinto. Estoy arriba de un árbol, tratando de espiar el complejo desde la distancia. Estamos en una colina, un poco lejos. No es perfecto, pero es el mejor punto de vista que pude encontrar sin acercarme lo suficiente como para ser atrapada.

—Sin movimiento —murmuro. Hasta ahora, el lugar ha resultado bastante aburrido. Hay algunos coches allí, pero han estado todo el día, y aparte de algunos guardias que patrullan cada dos horas, no he visto ninguna señal de una persona.

No hay camionetas que entren y salgan hoy, como mi padre anotó en su diario. Supongo que eso es algo de lo que alegrarse. Sin furgonetas significa que no hay entregas. No hay cambiantes secuestrados.

Bajo y tomo nota en el diario de mi padre, retomando donde lo dejó. La última entrada fue hace mucho tiempo. Trato de no imaginar lo que eso podría significar.

Sunny se sienta con las piernas cruzadas frente a Daisy. Espero que esté meditando, pero en lugar de eso me está mirando, frunciendo el ceño.

—Todavía no he visto nada. Voy a ir de excursión, a ver si puedo acercarme. —Necesito más información si voy a irrumpir esta noche.

—¿Crees que eso es sabio?

—¿Tienes un plan mejor?

Ella presiona sus labios juntos.

—No. —La veto antes de saber lo que va a decir.

—Cariño, realmente, necesitamos hablar sobre Tank.

—No hay nada de qué hablar. Se fue.

—Puedo decir que estás sufriendo. Él significaba algo para ti.

—Nos conocimos hace unos días. No puedo creer que sea solo desde el sábado. He vivido varias vidas. Apenas lo conocía.

—Está también preocupado por ti.

Si le importaba, ¿por qué se fue? Ah, sí, porque le dije que lo hiciera. Porque él no me pertenece.

—No encajamos, mamá. Eso es todo lo que hay.

—Muy bien, querida. Estoy segura de que tú lo sabes mejor.

—Sí. No quiero volver a verlo nunca más.

Sunny respira como si fuera a decir algo.

—¿Qué, mamá?

—La cosa es que... Es posible que le haya dicho dónde estamos.

Me acurruco y reviso mi teléfono. Mi señal no es buena, así que vuelvo a trepar al árbol. Efectivamente, tengo un montón de llamadas perdidas, algunas de Amber. Además de un texto de Tank:

Quédate donde estás. Ya voy. Tengo un plan para irrumpir esta noche. No entres sola.

~.~

Tank

AL CREPÚSCULO, llego al recinto. Disminuyo la velocidad de mi motocicleta y busco una carretera. Efectivamente, hay una a través de los árboles, justo donde las coordenadas indican el área oculta.

La paso, doy la vuelta y salgo corriendo de la carretera, luego escondo mi motocicleta en los árboles.

Reviso mi teléfono en busca de un mensaje de texto de Foxfire. Nada. Le dije que tenía un plan, pero eso fue un poco un engaño. Mi plan no es mucho mejor que el de ella: escabullirme hasta el complejo, irrumpir y husmear. La única diferencia es que prefiero ser yo quien esté en peligro en vez de ella.

Llamo a Jackson y Kylie a continuación.

—¿Tank? —Kylie responde.

—Estoy aquí —digo en voz baja—. Estoy a un cuarto de milla del complejo en el bosque.

—Bien. Espera. Sam está yendo a ayudar. Debería estar llegando a tus coordenadas ahora.

Miro alrededor de los bosques oscuros.

—¿Cómo sabes mis coordenadas?

—Hackeé tu teléfono —dice impaciente—. Debería estar allí en cualquier momento. Él puede ayudarte a entrar y obtener los datos que necesito.

—¿Qué? —Empiezo, y en un minuto oigo un ruido a mi derecha. Lo huelo antes de verlo.

—Él está aquí —le digo a Kylie.

—Él te lo explicará todo. No me vuelvas a llamar a menos que estés en un teléfono libre.

—Sam.

Sam es un joven lobo que trabaja como camarero en el Club Eclipse, pero no es miembro de pleno derecho de la manada de Garrett porque está vinculado a Jackson, que es un lobo solitario.

—Tank. —Él asiente, sin encontrarse del todo con mis ojos. Soy más dominante que él. Si recuerdo bien la historia, Jackson lo acogió como un adolescente fugitivo. Lo había encontrado en una montaña en forma de lobo, corriendo salvajemente. Ha sido así durante meses. Si Jackson no lo hubiera perseguido y obligado a cambiar, Sam habría perdido su humanidad para siempre. Sigue siendo un solitario. Inteligente, pero se mantiene reservado, incluso en una multitud. Me sorprende que Kylie lo enviara. Por lo general, los lobos más dominantes son mejores en combate.

—¿Kylie dice que conoces el plan?

Él asiente.

—Garrett y Jackson lo resolvieron.

—¿Garrett?

—Él llamó después de que lo hiciste. Se les ocurrió todo y me enviaron.

Sam debe de haber estado más cerca de este lugar que yo, si llegó aquí tan rápido. No pierdo el tiempo preguntando.

—¿Qué vamos a hacer?

—Hay un edificio principal. Vamos a esperar hasta las veintiuna y colarnos por un agujero en la valla. Tengo cortadores de pernos. Miras a tu alrededor en busca de cambiantes cautivos mientras hackeo su intranet y configuro un programa para que Kylie pueda ingresar a sus sistemas.

—¿Sabes cómo hacer eso?

—Vivo con Jackson King.

—Está bien. —Le doy la mano—. Necesito tu teléfono.

~.~

Foxfire

Después de la puesta del sol, la temperatura desciende rápidamente. Ojalá hubiera pensado en recoger algo de comida, solo tengo barras de granola.

Algo vibra y me sobresalto. Mi teléfono está apagado para evitar que la batería se agote. Mi mamá sostiene el suyo.

—Es Tank.

Suspiro pero lo acepto. El hecho de que incluso pueda obtener servicio de telefonía móvil aquí es un milagro menor.

—¿Qué quieres?

—¿Dónde estás?

—Mi mamá ya te dijo eso, ¿no? Tienes una buena nariz. Pero no lo intentes. No quiero verte.

—¿Todavía estás planeando irrumpir?

—Mi papá podría estar allí. O, no sé, podría no estar. Podría haber muerto. No soy ingenua. Solo quiero respuestas.

—Te voy a conseguir a esos tipos. En una hora, voy a irrumpir en el complejo.

Agarro el teléfono.

—¿Vas a hacerlo?

—Sí, tenemos un plan. Estoy con otro cambiante, un hacker. Él sabe cómo entrar en sus archivos. Voy a entrar y hacer guardia mientras él hackea su sistema. Buscaré a tu papá.

—Si está allí, ¿lo sacarás?

—Por supuesto.

—¿Por qué?

—Porque él es tu papá. Llamé a la manada y les dije...

—¿Llamaste a tu manada? —Mi corazón palpita más fuerte.

—Sí.

No lo puedo creer. Llamó a su manada por mí.

—Necesito que te lleves a tu mamá y te alejes de ese lugar. Foxfire, lo digo en serio. Te necesito en un lugar seguro.

—Estoy a salvo.

—Estás en un autobús Volkswagen pintado de púrpura brillante con flores amarillas.

—En realidad es de color amarillo brillante con flores púrpuras.

—Foxfire...

—Está bien, está bien. Prometo que estaré a salvo.

—Promete que no intentarás asaltar el complejo.

—No lo haré. Me quedaré lejos. Justo... ¿Tank?

—¿Sí, nena?

—Estate a salvo. ¿De acuerdo?

—Nena —dice suavemente, antes de colgar.

CAPÍTULO DIECISIETE

Tank

ESTÁ COMPLETAMENTEoscuro cuando Sam y yo llegamos a la alta cerca de eslabones de cadena rematada con alambre de púas que rodea el complejo. Hay algunas dependencias pequeñas, pero los dos coches en el lote de tierra están frente al gran edificio principal.

—Ahí es donde está la sala de servidores —señala Sam.

—¿Cómo lo sabes?

—Kylie hackeó un satélite para obtener imágenes actualizadas.

Mentalmente la puse en mi lista *de no cabrearla nunca,* y me encorvé a esperar. Hay una cabaña con algunos guardias que portan armas automáticas, para mantener fuera a cualquiera que entre en la carretera. La mayor parte de su seguridad radica en no aparecer en ningún mapa. Su error, nuestra buena suerte.

Trato de conseguir un buen aroma del lugar. Huele a

cambiante, pero no a un solo tipo. Lobos, y algunos otros con los que no estoy familiarizado. No huelo a zorro.

Dos hombres salen del edificio y se dirigen a los vehículos.

Sam trajo armas para nosotros, pistolas negras de forma rara.

—Están cargadas con tranquilizantes —me dice—. Garrett no quiere ninguna muerte.

Apoyo mi mano en una mientras esperamos.

—Está bien —agrega Sam cuando entra el último coche pasa por la puerta del guardia. Nos arrastramos hasta la parte posterior del complejo y él se pone guantes para usar los cortadores de pernos.

—Espera —digo y señalo un letrero que indica corriente eléctrica.

—Está apagado —dice Sam—. No estoy seguro de por qué. Probablemente fue construido para mantener a los cambiantes dentro, en lugar de fuera.

—Tal vez no haya nadie a quien necesiten mantener dentro en este momento. —Espero que no sea cierto. Eso no es un buen augurio para el padre de Foxfire.

Nos arrastramos a través del pequeño agujero que hace Sam. Lo cierra detrás de nosotros para que un guardia no note la brecha. Desde allí hay un corto camino hasta la parte posterior del edificio principal. El aroma de los cambiantes es mucho más fuerte aquí, chocando con una miríada de otros olores: lejía, productos químicos y líquido limpiador sobre aromas más oscuros. Sangre. Pelajes. Miedo.

Bajo la cobertura de la oscuridad, llegamos a una puerta. Me quedo de pie mientras Sam se agacha para abrir la cerradura. Lo detengo antes de que la abra.

—¿Habrá alarmas?

Sam sacude la cabeza.

—Piensan que están a salvo.

Contengo la respiración mientras él la abre, pero no suena nada.

—Está bien. Ve rápido. Encuentra la sala de servidores.

Seguimos nuestro olfato por un pasillo con olor a enfermedad. Los limpiadores tóxicos utilizados para limpiar este lugar casi me adormecen la nariz, pero Sam parece saber a dónde va. Lo sigo, dando algunas vueltas hasta que llega a una oficina tranquila llena de máquinas apagadas.

—Aquí. —Levanta un asiento y lo lleva hacia un ordenador—. Esto me llevará unos minutos.

Me quedo en la puerta, vigilando. Los guardias deben patrullar este lugar regularmente. Mi esperanza es que sean complacientes. Hasta ahora, lo son. Odiaría entrar en un tiroteo con ellos. Nuestras armas no serán rivales para las suyas. Especialmente si los guardias están acostumbrados a doblegar a los cambiantes.

La cara de Sam está inquietantemente iluminada por la pantalla.

—¿Cuánto tiempo más? —pregunto.

—Estoy dentro. Diez minutos.

El tiempo justo para que busque en el edificio y vea si Johnny está aquí.

—Ahora vuelvo.

Me escabullo por el pasillo, siguiendo mi olfato alrededor de unas cuantas vueltas. Hay un olor animal definido que ni siquiera el antiséptico puede enmascarar. Qué tipo de cambiante es, no puedo decirlo.

Llego a una escalera y abro la puerta. El aroma del cambiante me golpea con toda su fuerza, junto con el aroma de la sangre y la mierda. Respirando por la boca, desciendo las escaleras. Los escalofríos suben y bajan por mi columna vertebral cuando entro en el sótano. Hay grandes jaulas al otro lado de la puerta. El olor es aún más fuerte. Aquí es donde guardan sus secretos.

En el interior, merodeo por las filas de jaulas vacías. Hay varias habitaciones separadas para ellas, cada una con un olor un poco diferente. Diferentes cambiantes, supongo. Cada habitación se conecta a la central, que es un laboratorio lleno de bastidores de tubos de ensayo, ordenadores y mesas con restricciones pesadas. El olor a miedo es más fuerte aquí. Retrocedo.

Una vuelta más al lugar, y llego a una pared con pequeñas puertas que conducen a las celdas. Miro en cada una, confiando en mi nariz para decirme si alguien está vivo aquí. Hay algunas celdas en el extremo, sin ventana que den hacia adentro. Casi olvido comprobarlo cuando mi pie golpea el escritorio cercano y la consola cobra vida. En la pantalla hay una habitación oscura. Una cámara en una de las celdas. Mientras observo, las sombras se mueven. En la oscuridad brillan dos ojos brillantes.

Solo hay una criatura aquí, aparte de mí. Un cambiante. Un prisionero.

Voy a la puerta y golpeo en ella.

—Oye, ¿hay alguien vivo allí?

Espero unos minutos. Nada. Necesito volver con Sam. Estoy a punto de irme cuando un gruñido pone a mi lobo en alerta máxima.

—¿Quién quiere saberlo? —pregunta una voz profunda.

—Soy un amigo. Estoy buscando un cambiante zorro. El padre de mi compañera.

—¿Eres un prisionero o uno de ellos?

—Ninguno de lo dos. —Es la verdad. El plan es solo hacer reconocimiento y esperar a que la manada haga un rescate completo en las próximas noches—. Te liberaremos a ti y a quien sea que esté aquí, te juro por la vida de mi compañera.

—¿Estás aquí por Johnny?

—¿Lo conoces?

—Sácame y te llevaré a él.

Maldito. Ese no es el plan.

—¿La puerta tiene alarma?

—Ya no. No soy la amenaza que solía ser.

Estudio la puerta. Podría intentar patearla, pero probablemente esté construida para soportar los golpes de los cambiantes.

—Espera —murmuro y arranco las bisagras, retrocediendo mientras la puerta se abre desde el interior.

—Estoy armado —digo mientras el prisionero sale.

—No soy una amenaza —gruñe el cambiante. Es enorme pero demacrado, sus costillas sobresalen de su gran complexión. Su aroma es complejo y ahumado.

—¿Cuál es tu animal?

—¿No puedes olerme, lobo? —Gira la cabeza y me da toda la fuerza de su mirada. Ojos dorados con una pequeña pupila negra: es un león.

Reconozco el tatuaje en su hombro.

—¿Fuerzas especiales?

Él asiente.

—¿Cuánto tiempo has estado aquí?

Hace una pausa, y luego suelta una risa horrible. Si estuviera en forma de lobo, mi pelaje se pondría de punta.

—Demasiado.

—No tenemos mucho tiempo.

—Por este camino.

Lo sigo por las escaleras, con los oídos activados por cualquier ruido. El pasillo de arriba es extremadamente oscuro y silencioso.

—¿Qué coño estaban haciendo aquí? —murmuro mientras pasamos por otra sala de laboratorio.

—Experimentos con cambiantes —dice el león torturado—. Están obsesionados con la línea de sangre. A veces... —Su cabeza se inclina hacia un lado como si estuviera recordando algo—. A veces —murmura, casi para sí mismo— los crían.

Mantengo mi distancia mientras bajamos por otro pasillo. No tengo que ser una lumbrera para saber que este tipo está loco.

—Aquí —dice. Mi lobo me hace esperar hasta que él retroceda para mirar a través de la puerta.

No hay nadie en la habitación. Solo una gran caja blanca y el olor a ceniza y muerte.

—Cremación —dice mi guía—. Así es como se deshacen de las evidencias. ¿Quieres encontrar a Johnny? Él está ahí. —Y suelta una risa.

Retrocedo, retorciéndome con el horrible sonido.

El cambiante león salta hacia adelante y golpea mi cabeza contra la pared. Me pongo de rodillas, aturdido. Cuando encuentro mi equilibrio, el león se ha ido.

Joder.

Vuelvo corriendo a Sam. No está en el mismo ordenador, sino junto a la pared.

—Tenemos que irnos.

Se levanta y se apresura a una mesa para empacar sus herramientas.

—¿Qué te pasó? —me pregunta.

Me toco la cara. Me sangra la nariz.

—Encontré a un prisionero y lo liberé. Necesitamos movernos, ahora.

El prisionero puede ser lo suficientemente inteligente como para escapar, pero puede que no le importe no hacer sonar las alarmas.

Efectivamente, mientras nos lanzamos al pasillo, las luces inundan el edificio. Las alarmas suenan.

—Mierda.

—Vamos. —Sam me agarra y me lleva a por otro lado. Mientras corremos, los gritos golpean el edificio afuera.

—¿Qué vamos a hacer? Estamos rodeados.

—Plan B —dice Sam sombríamente. Me empuja contra la pared y presiona contra ella a mi lado—. Prepárate.

—¡¿Qué?!

Una explosión sacude el edificio.

~.~

Foxfire

—¡Foxfire! —llama mi mamá desde su sitio—. Algo está pasando.

—¿Qué? —pregunto, pero tan pronto como me levanto del asiento y me cuelgo de la puerta principal, puedo ver lo que pasa. Hay focos encendidos en el complejo y alarmas suenan a todo volumen—. ¡Oh, no!

—¿Qué está pasando?

—Problemas —digo—. Con una P mayúscula.

~.~

Tank

. . .

—¡¿QUÉ coño fue eso?! —grito mientras la conmoción de la explosión suena en mi oído. Los aspersores se cortan y corremos por el pasillo resbaladizo.

—Plan B. —Sam no da más explicaciones.

—¿Colocaste una bomba?

—Por si acaso necesitábamos una distracción. —Está espeluznantemente tranquilo. Sigue siendo un cambiante delgado, de aspecto común y corriente, aparte de los *piercings* y tatuajes. Pero hay un brillo en sus ojos que no me gusta.

—Vamos. —Corremos hacia la puerta al final del pasillo. Si tenemos suerte, los guardias están lo suficientemente distraídos como para que aún podamos escapar.

Pero cuando saco la cabeza, las luces parpadean en mi camino.

—Mierda.

—Hay otra salida.

—¿Cómo lo sabes?

Sam me impulsa hacia adelante.

—He estado aquí antes.

No tengo tiempo para expresar el «¿Qué carajos?» que sobrevuela en mi cerebro.

Más gritos resuenan a través del edificio. Los guardias de la cabaña están dentro, y ahora es un juego del gato y el ratón para asegurarnos de que no nos encuentren.

Nos metemos en una habitación, una oficina de aspecto normal.

Me agacho detrás de un escritorio, murmurando maldiciones. Sam se agacha a mi lado, un oasis de calma.

—Otros diez segundos, y luego salimos corriendo —dice mirando la ventana.

Lo miro fijamente.

—Espera —dice Sam, y me preparo.

Efectivamente, otra explosión ondula a través del edificio, esta vez más grande, sacudiendo el piso. Sam pasa corriendo junto a mí, y yo lo sigo, adelantándolo para golpear primero los pies contra el vidrio. Se rompe bajo mi peso volador. Ruedo por el césped, Sam cae justo detrás. Nuestros pies están cerca de la valla, pero no podemos llegar antes de que los guardias nos descubran y griten. Nos estrellamos contra el lado seguro de una pequeña dependencia antes de que los disparos de ametralladora lleguen a nuestro camino.

—Mierda —dice Sam—. La cerca vuelve a estar electrificada.

Efectivamente, el metal zumba y cruje con carga eléctrica, probablemente lo suficiente como para dejar inconsciente a un cambiante.

—Allí. —Sam señala un agujero en la cerca, con el metal cortado.

Doy las gracias en silencio al león recién liberado. Claro, estaba loco. Pero estoy empezando a temer que Sam pueda hacerle sombra.

—Podemos llegar a ella si tenemos una distracción. ¿Tienes más explosivos, Sam?

Sam sacude la cabeza.

Escucho a los guardias acercarse y pongo mi mano sobre mi arma. Solo espero que no estén disparando a matar. O, si somos capturados, que la manada esté muy cerca.

Estoy a punto de lanzarme y hacer mi último acto cuando algo silba y estalla por encima. Sam y yo nos agachamos ante una explosión. Pero en lugar de una explosión devastadora, el cielo se ilumina con luces de colores.

Fuegos artificiales. Hermosos y ruidosos fuegos artificiales, explotando sobre la torre de guardia. Una distracción perfecta.

—Foxfire —susurro antes de agarrar a Sam y empu-
jarlo primero a través del agujero destrozado en la cerca
hacia la libertad.

~.~

FOXFIRE

LAS LUCES verdes explotan sobre mí.

—Están demasiado cerca para verse con comodidad —
dice Sunny. La ignoro, encendiendo tres más y dejándolas
resonar en el cielo nocturno. Florecen blancas, rojas y
azules. Un poco temprano para el Cuatro de Julio. Tal vez
por eso el tipo detrás del mostrador me miró como si estuviera loca cuando compré la pirotecnia.

—¡Tan patriótica! —dice Sunny con deleite.

El edificio está en alerta roja. Luces, alarmas a todo
volumen, disparos.

Con suerte, esto es suficiente distracción. Solo tenemos
que encenderlos todos y salir de aquí antes de que alguien
venga a investigar.

—Este es uno grande —Sunny me entrega otro—. Lo
instalo más lejos, enciendo el fusible y corro.

Un chillido y el cielo estalla con lluvia púrpura.

~.~

Tank

• • •

SAM y yo trepamos la colina. Las alarmas y las luces todavía están detrás de nosotros, junto con suficiente resplandor rojo del cohete para preocuparme de que Foxfire no escape a tiempo. Hay guardias que nos persiguen: algunas balas salpicaron la tierra detrás de nosotros antes de que llegáramos al bosque, pero el resto podría ir tras mi pareja y su madre.

—¿A dónde vamos? —pregunto a Sam, y casi me trago un aspa gigante.

—Aquí. —Sam se agacha a mi lado y saca la red de camuflaje que cubre nuestro vehículo de escape, un helicóptero.

—Entra —Sam se ata al asiento del piloto.

—¿Tienes un helicóptero?

—Es de Jackson. Kylie lo encontró y pensó que sería genial. —Enciende los interruptores y se activan las comunicaciones—. En realidad, es un Bell 222, pero lo modificamos para el modo sigiloso. —Sonríe con una mueca espeluznante—. Lo llamo el Lobo del Aire.

~.~

Foxfire

DISPARO el último de nuestros cohetes y corro hacia el coche.

—Cierra las puertas —le grito a Sunny—. Tenemos que movernos.

El pequeño autobús chilla mientras sale de nuestro escondite al otro lado de la carretera. Pasamos por el recinto, todavía brillante y lleno de caos. Eso espero.

—Vamos, vamos —le susurro al autobús mientras sube una colina.

—Foxfire, necesitamos ir más rápido —informa Sunny
—. Creo que nos vieron.

Efectivamente, una caravana de Jeeps negros viene tras
nosotras. Pasamos uno que viene por la carretera en
sentido contrario. Hace un giro y nos sigue.

—¡Vamos! —Presiono el pedal del acelerador contra el
suelo. Daisy se precipita por la carretera, temblando a
medida que avanza más rápido que nunca.

No es suficiente. Los guardias están colgando de las
ventanas del Jeep, y tienen armas.

Y nos están ganando.

~.~

Tank

—Más cerca —le grito a Sam. Estamos flotando sobre la
carretera, nuestras luces iluminan la acción debajo.

—No puedo —dice Sam—. Tienen armas.

—Más cerca, maldita sea. —Foxfire y su madre están
en ese autobús. Están en peligro. Arriesgó su vida lanzando
fuegos artificiales.

—¿Qué vas a hacer? ¿Saltar a uno de los Jeeps?

—Si tengo que hacerlo...

—No se van a acercar a ella. Solo espera.

—A la mierda con eso, Sam. —Me levanto de mi
asiento, estableciéndome mientras el helicóptero se
hunde.

—No va a pasar nada —me calma Sam. Le arrancaría
la garganta si no estuviera pilotando el helicóptero—.
Tenemos respaldo.

¿Qué?

Los disparos suenan debajo de nosotros. Grito,

agarrándome del costado, mirando el autobús desde arriba, indefenso.

Pero Foxfire y su madre no disminuyen la velocidad. En cambio, los Jeeps patinan en la carretera. Algunos se desvían, otros se sacuden y ruedan hasta detenerse, bloqueando la carretera. Los últimos vehículos chocan entre ellos.

—¿Qué está pasando?

—Te lo dije —dice Sam—. Tenemos refuerzos.

Entonces los escucho. El rugido de las motos. Una por una, aparecen de debajo de donde se mantuvieron encubiertas y emboscan a los Jeeps. Se tejen fácilmente alrededor de los restos impactados. Más disparos, pero todas las motos prevalecen. Se acercan por la carretera y rodean al autobús.

Sam vuela por encima, el foco hace resplandecer algunos de los cascos, incluidos dos rojos. Jared y Trey fueron objeto de burlas sin piedad por elegir ese color. Siguen la parte trasera del autobús, escoltándolo. Liderando el grupo hay una enorme Harley. Mientras Sam baja el helicóptero, Garrett levanta el puño en saludo. El resto de la manada hace lo mismo, y aunque no pueden vernos, Sam y yo levantamos los puños antes de volver a acercarnos para cubrir al grupo mientras protege a mi nena y la lleva a casa.

CAPÍTULO DIECIOCHO

Tank

LLEGO al motel al borde de la carretera alrededor de la medianoche. La manada ya está aquí, así como la pequeña Volkswagen, escondida detrás del lugar.

Sam me deja abajo antes de huir en el helicóptero volando bajo. Sabia decisión. Apuesto a que ni Jackson ni mi alfa estarán contentos con el pequeño truco de bomba que hizo.

El primero en saludarme es Garrett. El alfa tira un abrazo, y nos golpeamos la espalda el uno al otro.

—Debería pegarte —gruñe Garrett—. No me importa qué plan preparen los hackers, la próxima vez espera a tu manada.

—Tuve que entrar. Foxfire lo iba a hacer.

Garrett gruñe:

—¿Dónde está ella?

—Escondida en una habitación con su madre y Amber. Noche de chicas, o algo así. Con toda la adrenalina que tenían hace una hora, apuesto a que están exhaustas ahora.

—Esperaba hablar con ella.

—Por la mañana. Tenemos noticias. —Garrett me lleva a otra habitación de motel.

—Hola, hombre —dicen Jared y Trey, y me saludan con abrazos. Es posible que los machos humanos no se toquen tanto, pero los cambiantes sí—. ¿Dónde está Sam?

—Ha ido a esconder el helicóptero en algún lugar. Aparentemente no es del todo legal.

—Tampoco lo es estar lanzando fuegos artificiales en Utah fuera del mes de julio —dice Trey—. Ni siquiera sé dónde los consiguieron.

Guardo silencio. No subestimaría a Foxfire cuando se trata de llegar al contrabando. O a su madre. Me imagino a los dos coqueteando con el desventurado dueño de una tienda, convenciéndolo de que les venda, y quiero golpear los dientes del tipo imaginario.

—Los policías están por todo el complejo ahora. No me sorprendería si se pone bajo investigación.

—¿Estamos en problemas?

— Hay suficientes cambiantes en el gobierno para ayudar con el encubrimiento.

—Creo que Sam hizo estallar todas las evidencias. Kylie obtuvo la mayoría de los datos antes de eso. Ella y Jackson están revisando eso ahora. Sabremos más por la mañana.

Garrett se sienta en la cama. Trey y Jared me tiran una bolsa de comida rápida, pero estoy demasiado acelerado para comer, así que solo tomo una bebida.

—Kylie quiere que sepas que anuló la recompensa por Foxfire. Ella hackeó la cuenta de usuario. Había algunas recompensas más antiguas allí, para personas de todo

Estados Unidos y Canadá. Creemos que todas eran por cambiantes.

Informo sobre lo que vi en el complejo, incluida una descripción del cambiante león.

—Alguien está secuestrando cambiantes y experimentando con ellos. Pero ¿por qué? —pregunto.

—No lo sabemos. Pero vamos a averiguarlo —dice Garrett—. Jackson nos llamó después de que les conté la visión de Amber. Fue entonces cuando reuní a la manada y le pregunté si Kylie podía hackear sus sistemas de alguna manera —Garrett explica—. Necesitábamos datos. Creemos que esta operación está conectada con la de México que se llevó a mi hermana.

—¿Qué descubriste en México? —pregunto.

—Nada —dice Jared—. No pudimos interrogar a nadie porque Garrett los mató a todos.

—Nos mantuvieron cautivos. Y mi compañera quedó desprotegido —dice Garrett. No se ve en absoluto arrepentido.

—Bueno, esta vez lo hicimos bien. O medio correcto, obtuvimos los datos antes de que el lugar explotara —dice Trey.

Sacudo la cabeza y digo:

—Sam está jodidamente loco.

Trey y Jared parecen curiosos, pero no me explayo. Sam puede haber desobedecido las órdenes, pero al final funcionó. No lamento que ese lugar se haya incendiado. Aunque casi me cueste la vida. Habría sucedido si no hubiéramos contado con los fuegos artificiales como distracción.

Me levanto de donde estaba apoyado contra la cómoda y me dirijo hacia la puerta. Quiero ver Foxfire. La necesito.

—Tank —dice mi alfa.

Trey y Jared se levantan y, con una mirada cómplice, salen de la habitación.

—¿Quién es Foxfire para ti?

—Ella es mi compañera.

—¿Seguro? —Garrett cruza los brazos sobre el pecho. Probablemente sea protector porque Foxfire es amiga de su compañera, pero todavía estoy tenso.

—La marqué —gruño a medias—. Ella es mía.

Garrett me estudia y luego asiente.

—Duerme un poco. Hablaremos más por la mañana.

—¿Dónde está Foxfire? Mi lobo no descansará hasta que sepa que está a salvo.

Los hombros de Garrett caen un poco.

—Ya te lo dije. Noche de chicas. Están bajo vigilancia.

—Tomaré un turno.

—No, dormirás un poco —dice Garrett con la orden de un alfa—. Por la mañana, deberíamos saber más sobre este mercado negro que roba a cambiantes. Necesitaré a mi beta en su mejor momento. También lo hará Foxfire.

A pesar de las órdenes de mi alfa, me detengo frente a la habitación de Foxfire durante unos minutos. Puedo olerla a través de la puerta, más allá de los dos lobos que Garrett asignó como guardias.

—Ella está bien. —Trey pone una mano sobre mi hombro.

Estoy tan ansioso, que estoy a punto de romperme.

—Ella y Amber se reportaron, pero no ha habido sonidos por un tiempo. Creo que se han dormido.

—Debería dejarlas dormir —digo principalmente para mí mismo. Una parte de mí lo sabe, pero la otra no será feliz hasta que mi pareja esté en mis brazos.

«Si me deja abrazarla».

—Será lo mejor para ella. —Trey toma la decisión y yo me dirijo a mi habitación, donde caigo exhausto.

. . .

~.~

Tank

—Tengo buenas y malas noticias —dice Kylie a través del altavoz en el teléfono de Garrett.

—Está bien, infórmanos. —Garrett se inclina hacia adelante en la cama, apoyando los codos sobre las rodillas. Jared, Trey y yo nos paramos alrededor del teléfono, preparados para los hallazgos de Jackson y Kylie. Revisé la habitación de hotel de Foxfire antes de venir aquí, pero las mujeres todavía están dormidas. Aún tengo ganas de ver a Foxfire.

—La buena noticia es que, a partir de esta mañana, todo el complejo estará cerrado. La policía humana está pululando alrededor debido a las bombas y los disparos. Encontraron evidencia de tortura de prisioneros, así como el crematorio donde el laboratorio destruyó las evidencias. Nadie volverá a entrar allí para hacer nada en el corto plazo.

—Esa es una buena noticia —dice Garrett—. ¿Qué pasa con los archivos?

—Antes de que aparecieran los federales, los archivos se borraron por completo. No encontrarán nada que sugiera que existen cambiantes.

Todos nos relajamos. Lo último que necesitamos es una rama del gobierno que nos investigue.

—Kylie y yo pasamos toda la noche revisando los archivos —dice Jackson—. Por lo que podemos decir, esta ha sido una operación que lleva varios años, respaldada con mucho dinero. Una corporación en la sombra. Vamos a seguir el rastro. Pero creemos que puede estar vinculada a las operaciones de cambio del mercado negro en México. Había fondos de cuentas internacionales.

Un gruñido retumba en el pecho de Garrett, repetido por Trey y Jared.

—Mantennos al tanto —dice mi alfa—. Cuanto antes encontremos a estos tipos, antes podremos sacarlos.

—¿Hubo alguna evidencia sobre los cambiantes que fueron mantenidos prisioneros?

Una pausa.

—Desafortunadamente, sí —dice Jackson—. Estos bastardos guardaban copiosas notas de sus supuestos experimentos. Estaban compilando una base de datos de ADN, con cada tipo de cambiantes representado.

—¿Qué pasa con los cambiantes zorro? —pregunto antes de que nadie más pueda decir algo.

—Solo hay uno. Johnny Rojo. Su ficha estaba vinculada a Foxfire Hines, con una nota para aprehenderla. —Jackson se aclara la garganta y me doy cuenta de que mi lobo está gruñendo.

—Lo siento. —Kylie entra en juego, con la voz llena de simpatía—. El expediente de él fue etiquetado como *fallecido*.

Maldita sea. Necesito darle la noticia a Foxfire.

—Por lo que he leído, querían a Foxfire porque era la hija de un cambiante y una humana. Toda la operación se centra en la cría de nuevos cambiantes que no sean *defectuosos*, lo que sea que eso signifique.

—Significa que todavía pueden cambiar —explica Garrett—. Las tasas de cambio han ido disminuyendo, porque las tasas de natalidad han bajado. Algunas manadas prohíben las relaciones entre humanos y

cambiantes porque creen que las líneas de sangre se debili-
tan. Muchos niños nacen sin su animal.

—Así que cuando se enteraron de que Johnny tenía
una hija, quisieron llevársela —digo—. Pero el único
vínculo que tenían era Sunny. Así que fueron a por ella
primero.

—Kylie ya eliminó la recompensa por Foxfire, pero aún
podría estar en peligro. Junto con su madre —añade
Jackson.

—Enviaremos a alguien de la manada de papá para
obtener el remolque de Sunny. Lo estamos llevando a
tierras de la manada, hasta que estemos seguros de que
está a salvo —me asegura Garrett.

El ruido del exterior interrumpe. El guardia lobo
afuera de la puerta está impidiendo que alguien entre a
nuestra habitación.

—Bueno, soy su compañera. —La voz de Amber se
eleva.

Garrett está de pie en un instante, dirigiéndose a la
puerta.

—Déjala entrar —ordena.

Un momento después, la hembra humana irrumpe.

—¿Dónde está? —Ella empuja más allá de mi alfa y
viene a pararse frente a mí—. ¿Qué demonios te pasa?

—¿Disculpa?

—¡Lastimaste a Foxfire! —me grita, poniéndose justo
en mi cara—. Ella estaba en crisis. No necesitaba que
jugaras con su corazón mientras lidiaba con sus crisis
familiares.

Me pongo de pie.

—¿Qué carajo? ¿Qué le pasa a Foxfire?

Sabía que necesitaba verla anoche.

—¿Qué está pasando, Amber? —Garrett gruñe, acer-
cándose para pararse protectoramente a su lado.

—¡La marcó sin preguntar y luego la dejó sola!

—Ella es mi compañera —le respondo—. Y no me iba... —A la mierda con esto. Necesito darle explicaciones a Foxfire, no a estos cabezas huecas—. ¿Dónde está ella?

—Ella se va —espeta Amber.

—¿Qué?

—Por algo que le dijiste. La marcaste y luego te negaste a reclamarla porque los cambiantes no se mezclan. Ella piensa que no la quieres.

Retrocedo como si me hubieran golpeado.

Amber no parece darse cuenta.

—Ella dice que se va. —Amber agarra a Garrett, apelándolo con amplios ojos azules—. Se ha preocupado por no incomodar a la manada, lo que sea que eso signifique.

—¿Dónde está ella? —Estoy a mitad de camino hacia la puerta.

—Regresó a Tucson. Traté de detenerla, pero...

Salgo corriendo. Efectivamente, el aparcamiento trasero está vacío, sin el Volkswagen.

—¿Tank? —Trey está a mi lado. Lo alejo.

—Tengo que irme.

—Tank... —Garrett está en la puerta con Amber a su lado.

—Proclamo a Foxfire Hines como mi compañera —vocifero para que todos puedan escucharlo. Conseguiré un megáfono si tengo que hacerlo. O le pagaré a Sam para que enarbole una pancarta por todo el mundo.

—¿Qué vas a hacer? —pregunta Amber. Ya no parece enfadada. Parece aliviada.

—Asegurarme que sepa que es mía. —Me pongo enfrente de Garrett—. ¿Tengo tu bendición?

Los labios de Garrett se contraen.

—¿La necesitas?

—No —le digo—. Foxfire es mía, sea bienvenida en la manada después de esto o no.

Mi alfa acerca a su compañera.

—Foxfire es bienvenida en nuestra manada. Ve a buscar a tu pareja.

—Aquí —Trey me lanza sus llaves.

El resto del grupo se rompe en silbidos mientras corro hacia la motocicleta.

CAPÍTULO DIECINUEVE

Foxfire

—¿Estás segura, cariño? —Sunny se para en mi puerta, con el ceño fruncido, una taza de té verde en la mano. Todo el camino a casa se mordió el labio y me dio miradas preocupadas.

Tan pronto como llegué a mi pequeña casa en Tucson, comencé a empacar. Mi estómago está en nudos y me cuesta no llorar, pero tengo que salir de aquí.

—Totalmente segura. Puedo trabajar desde cualquier lugar. —Saco el cajón de mi ropa interior y la vuelco en mi maleta.

—Solo creo que deberías hablar con él.

Ya lo he hecho y obtuve rechazo. No encajo en el mundo de Tank. Y me preocupo lo suficiente por él como para no arruinar su lugar en la manada. Entonces, sí, esto puede parecer que me he arrancado mi propio corazón y lo he echado a la basura, pero es lo que tengo que hacer.

Un rugido de tubos de motocicleta me vuela la cabeza. ¡Oh, Dios, no! Si lo veo, no podré ser fuerte.

—Solo iré a ver quién es. —Sunny se apresura a salir.

Sé quién es, incluso antes de captar su aroma.

Yo correría, pero él puede perseguirme. Y mi zorra no quiere dejarlo. Está borracha con el aroma de Tank. Amor por ese lobo. Lo que sea.

El gran lobo se despliega desde la Harley y avanza por la entrada como si fuera el dueño del lugar. Observo desde la ventana, me cruzo de brazos sobre mi pecho. No voy a bajar tan fácilmente.

—Tank, qué gesto tan agradable tu visita —trina mi madre.

—Sunny —dice—. ¿Dónde está Foxfire?

—En su habitación. Está empacando —agrega mi mamá en un susurro.

Las botas pesadas comienzan el camino en dirección a mí. Cuando Tank aparece a la vista, me quita el aliento. Es tan grande que llena toda la puerta. Olvidé lo bueno que está.

—Foxfire.

— Tank. —Me mantengo firme, pero quiero correr hacia él y lanzármele encima.

—Necesitamos hablar.

—Escucha, no hagamos esto difícil. Sé que no soy buena para...

—¿Cariño? —me llama Sunny desde la otra habitación —. Uno de los amigos de Tank acaba de traer mi remolque. Solo voy a ir con él, ¿de acuerdo?

—Está bien, mamá —le respondo.

Antes de que la puerta principal se cierre, Tank se está moviendo.

—Sé que no encajamos... —No puedo terminar mi frase, porque ya me está besando. Me levanta en sus

221

brazos, mis piernas se entrelazan alrededor de su cintura. Sus labios se aferran a los míos, saqueando, devorando. Los ruidos de deseo escapan de mi garganta. Le levanto la camisa mientras me lleva hacia atrás a la cama.

—Espera, espera —le digo mientras me acuesta—. Todavía estoy enfadada contigo. —Más bien me siento herida y desesperadamente necesitada, pero no quiero sentirme así nunca más porque el dolor me está matando.

—Lo sé. —Se arrodilla junto a la cama. Me quita los pantalones vaqueros y abrocha la boca a mi parte más zorra. Aparentemente, soy incapaz de protestar.

Mis piernas sueltan patadas pero luego se sujetan alrededor de su cabeza mientras me apuñala con su lengua y mis caderas se levantan de la cama.

—¿Qué estás haciendo?

—Mostrándote a quién perteneces, nena.

Me peleo contra su boca, agarro sus orejas y lo aprieto más fuerte.

—Tú… No puedes simplemente aperecerte aquí y comenzar a besarme mis partes más zorras y… —grito con un orgasmo.

Tank arquea una ceja.

—¿Qué estabas diciendo?

Sacudo la cabeza.

—Tank, esto no es lo mejor.

Se levanta sobre mí, desprendiéndose su camisa.

—Nena, estás equivocada. Tú y yo nos pertenecemos, y no me importa si tengo que darle la espalda a todos los demás en mi vida para mantenerte. Eres mía. Te marqué. Ahora soy tu hombre.

Mi determinación es inexistente. Lo alcanzo. Diez segundos después, sus jeans están en el suelo y mis piernas lo agarran mientras él me embiste. Mi cama se mece mientras se estrella contra mí. Y no solo la cama. Todo mi mundo.

La pared va golpeando, golpeando, golpeando mientras me da sacudidas y se libera. Sus dientes raspan mi hombro, mi cuello. Me estremezco.

Me gira para enfrentarme a él.

—Lamento haberme ido —me dice.

—Te alejé.

—Nunca más. —Su rostro es tan serio que sé que es una promesa.

Le toco la mandíbula.

Captura mi mano y besa mi palma.

—Tank —susurro.

—Nena, ¿estás temblando?

Lo estoy. Ruedo hacia mi lado, frente a la pared.

—Si te vas de nuevo, me destruirás. Pensé que era fuerte, pero no lo soy —aclaro.

—Nena. Eres fuerte. Pero ya no tienes que pelear. Por eso estoy aquí. Nací para protegerte.

—No voy a cambiar quién soy. —Mi voz tiembla.

—No quiero que lo hagas.

—Pero ¿cómo lo haremos?

—Haremos que funcione, nena. Estábamos destinados a estar juntos. —Me tira hacia atrás para enfrentarlo y agarra la parte posterior de mi cuello—. Foxfire, te estoy reclamando.

Me aferro a él.

—Nena. —Sus labios se mueven contra mi frente, hasta mi sien.

—¿Estás seguro?

Él inclina mi cara hacia la suya.

—Vivo mi vida en blanco y negro. —Tamiza una mano a través de mi cabello, extendiendo los mechones de arco iris sobre la almohada—. Y tú eres color.

—¿Es eso algo malo?

Él rueda, así que quedo acurrucada debajo de él. Sus brazos sostienen su cuerpo gigante para que su peso no me aplaste.

—Es algo bueno, nena. Algo muy bueno.

Me besa, y solo deja de hacerlo cuando se oye un sonido de madera astillándose. El colchón debajo de nosotros se hunde.

—¿Tank?

—¿Mmm?

—Creo que volvimos a romper la cama.

~.~

Foxfire

ESA NOCHE, la luna sale enorme y dorada. Tank me envuelve en una manta y me lleva afuera. Tenemos un picnic en la terraza, y cuando hace demasiado frío, termino en su regazo.

—¿Estás lista para conocer a la manada? —pregunta.

—Tal vez. No sé. Tengo miedo.

—No tengas miedo de nada.

—Excepto de las serpientes del sanitario.

—Estaré allí. Te voy a proteger.

—¿Sí? —Me doy la vuelta y envuelvo la manta alrededor de él.

—Siempre. —Me levanta y me lleva de vuelta adentro.

—Te amo —le digo mientras me deja.

—Lo sé, nena.

—Espera, ¿no lo vas a decir?

—Te amo. —Puntúa sus palabras con besos—. Me encanta todo de ti.

—¿A pesar de que estoy loca?

—Me vuelves loco. —Otro beso, y él levanta la cabeza —. ¿Qué dije acerca de llamarte a ti misma así?

—¿Castigo? —digo y sonrío.

Se sienta en el borde de la cama y me apunta con el dedo.

EPÍLOGO

Una semana después...

FOXFIRE

—¿Lo tienes? —Reboto hacia arriba y hacia abajo mientras Tank crea un nuevo casco. Es rojo, amarillo y naranja como una puesta de sol. Como mi nuevo peinado.

Me pongo el casco y me subo a su motocicleta.

—Mantén los brazos a mi alrededor en todo momento. Esto no es un algo gracioso. —Más reglas.

—Sí, sí, las tengo.

—Si te portas mal, —amenaza— te castigaré.

Ñam.

—Lo entiendo, grandullón. ¿Podemos ir ahora?

Tank suspira.

A pesar de sus dudas, el viaje se realiza sin problemas. Llegamos a nuestro destino justo al anochecer: la mansión del multimillonario Jackson King de Tucson que linda con las montañas Catalina, donde la manada correrá esta noche.

El aroma de los lobos me golpea cuando me balanceo para bajarme de la motocicleta de Tank. Él toma mi mano y me lleva hacia adelante, deteniéndose cuando cuelgo hacia atrás.

—¿Estás seguro de que les voy a gustar? —Aliso mi cabello.

—Por supuesto, nena. —Tank me da un abrazo—. Y si no les agradas, les patearé el culo.

Me río. Él también. Amber me dijo que nadie protestó cuando Garrett anunció que me unía a la manada como compañera de Tank. Si había alguna rebelión sobre una cambiante zorra que se unía a las filas, sería rápidamente sofocada por mi nuevo alfa o su segundo.

Caminamos por el camino a la mansión.

—No puedo creer que no me hayas dicho que Jackson King era un lobo —le susurro a Tank.

—Sí. Y su compañera y su abuela son panteras.

La puerta se abre antes de que nos acerquemos, y Jared saca la cabeza.

—Finalmente. ¡La zorra está aquí!

Kylie, la compañera de Jackson, me saluda y me presenta a Jacqueline, su abuela.

Silbidos salvajes nos saludan mientras caminamos por el vestíbulo hasta la gran sala de estar. Toda la manada está aquí, la mayoría con vasos rojos de bebida o botellas de cerveza.

—Ey, zorrita —me llama Trey desde la esquina. Tank gruñe, pero doy una pequeño saludo con la mano.

—No te he visto mucho últimamente. —Jared me entrega un vaso rojo Solo lleno de algo.

—Tank me ha estado manteniendo bastante en casa —digo. Es cierto, Tank decidió que la mejor manera de castigarme por dejarlo era ponerme bajo arresto domiciliario durante toda una semana y follarme hasta que no pudiera caminar. El marco de la cama se derrumbó después de unas horas.

—¡Escuchen eso, muchachos! —El viejo Tank está entrenando en casa.

—Si mi señora fuera mitad zorro, yo tampoco saldría de casa —murmura otro lobo.

—Eso es suficiente —gruñe Tank.

—Gracias, chicos. —Sonrío y saludo. Trey comienza a hacer presentaciones, pero solo las llega a la mitad antes de que Tank me lleve a un dormitorio.

—¿Qué te dije sobre el coqueteo? —advierte.

—No estaba coqueteando. Solo estaba siendo amigable.

Tank tira del cuello de mi camisa, acariciando la marca que dejó. La besa y la lame, y sé que tendré un chupetón rojo y brillante en la parte superior de mi marca por el resto de la noche. Que es exactamente su plan.

Voy débil hasta que él comienza a llevarme a la cama.

—¡Tank, no aquí! ¡La romperemos!

Él gruñe de nuevo, pero me acomoda la camisa en su lugar y me lleva fuera. Todos en la sala de estar aplauden. Me sonrojo, agradecida cuando Tank me lleva afuera a donde Garrett está a cargo de dos enormes parrillas. Amber gira desde una mesa de picnic con pilas de platos de carne.

—¡Foxfire! —chilla, y nos saludamos—. ¡No sabía que estabas aquí! Garrett me estaba mostrando la piscina. Debo de haberme distraído. —Su cabello está recogido y su cuello luce un chupetón propio.

—Los chicos me dieron una cálida bienvenida.

—Ignóralos. —Amber pone los ojos en blanco—. Son como un grupo de chicos que se ponen peludos bajo la luna llena. Oye, ¿ya tuviste la oportunidad de hablar con tu madre?

—No. Necesito hacerlo. He estado… ocupada toda la semana.

—Deberías hablar con ella. Ella está muy cómoda en la casa club… y al parecer sabía más de los cambiantes de lo que revelaba.

—¿Qué? —jadeo—. ¿Ella lo sabe?

—Ella lo sabía todo —dice Garrett—. Me preguntó, sin rodeos, si el lobo era mi animal espiritual.

—Nunca he visto a Garrett tan conmocionado —ríe Amber—. Sunny dijo que lo vio con su tercer ojo.

—Tiene sentido —reflexiono—. Ella me llamó Foxfire. De alguna forma, siempre lo supo.

—¿Qué significa esto? —Tank pregunta.

—Me senté con ella y se lo conté todo. Le pedí que jurara que lo mantuviera en secreto. La he tenido con un lobo vigilándola durante la semana pasada. Alguien de la manada de mi papá, en realidad. —Garrett le guiña un ojo a Amber, y ella sonríe a sabiendas.

—¿Sí? —Tank parece sospechoso—. ¿Quién?

El rugido de una motocicleta interrumpe. Todos giramos cuando dos personas, un hombre, una mujer, se balancean para bajarse de la moto.

—¿Mamá? —jadeo. Tank y yo nos dirigimos al camino de entrada para saludarla, disminuyendo la velocidad a medida que nos acercamos. Sunny lleva una chaqueta de cuero sobre su blusa y falda campesina. Un tipo grande con cabello gris en tono acero la ayuda a seguir. Parece vagamente familiar.

—¿Papá? —Tank parece aturdido.

—Hijo. —El hombre grande, lobo cambiante por su olor, saluda a Tank. Él asiente conmigo—. Foxfire. Un placer. He escuchado mucho sobre ti.

—¿Es este hombre con quien te has estado quedando? —le pregunto a Sunny.

—Sí, querida. —Ella se acerca y se apoya en el padre de Tank. Él pone un brazo alrededor de ella.

—¿Está tu alfa aquí? —Titus le pregunta a su hijo—. Mi alfa tiene un mensaje para él.

—Allá, señor.

—Más tarde, cariño. —Mi madre saluda mientras Titus lidera el camino.

Pongo una mano en el pecho de Tank para estabilizarme.

—¿Están nuestros padres...?

—No quiero hablar de eso.

—De acuerdo. Nunca volvamos a hablar de eso. —No estoy pensando en que mi madre tenga relaciones sexuales. No estoy pensando en que mi madre tenga relaciones sexuales. Yo no... maldita sea.

Tomo un gran trago del contenido de mi vaso Solo y se lo ofrezco a Tank, quien termina el resto.

—Vamos a conseguir más alcohol.

—De acuerdo.

El resto de la noche es divertida. Me entero de que el verdadero nombre de Tank es Titus, Jr. Su padre y mi madre se conocieron cuando Garrett necesitaba a alguien para remolcar la camioneta de Tank y el remolque de mamá de regreso de Flagstaff.

Después de la cena, donde devoro más carne de la que he comido en toda mi vida, Sunny se pone a mi lado.

—¿Todo bien? —le pregunto mientras cierra la puerta del dormitorio para tener algo de privacidad. Realmente espero que no hable sobre su relación con el padre de Tank. O que me pregunte sobre las posiciones sexuales, y le haga una demostración, desnuda. Nunca se sabe con Sunny.

—Necesito mostrarte algo. —Ella saca un pequeño paquete de su bolso—. Llegó a la casa club ayer. Al mismo apartado de correos que usaba tu padre. Estaba dirigido al club, pero dentro había una nota para ti.

Abro el paquete.

Foxfire, se lee en la nota. «Esto estaba entre las cosas de Johnny. Pensé que podrías querer verlo».

No está firmado, pero puedo adivinar quién lo envió. Solo espero que Jordy y el resto de los zorros estén a salvo. Tal vez algún día pueda visitarme. Me encantaría teñirle el pelo y comprarle algo de ropa nueva.

La nota está envuelta alrededor de algunas imágenes antiguas. Las extiendo y se me escapa un suspiro. Todas son de mí.

—Cada vez que recibía un sobre de dinero, le enviaba una foto —dice Sunny mientras las miro. Hay una Polaroid de mí en mi tutú rosa cuando tenía cuatro años.

—Usaste eso durante un año. No pude hacer que te lo quitaras.

Otra de mí cuando gané en la feria de ciencias con mi exhibición de los estratos del Gran Cañón. Más de mí en la escuela, incluyendo una foto de graduación.

—Esa fue la primera vez que te teñiste el cabello. Turquesa a juego con tu vestido.

—Más como verde vómito. —Sacudo la cabeza. El color no me sienta bien—. No puedo creer que enviaras todo esto, y él lo guardara.

—Oh, cariño. —Sunny me abraza y me doy cuenta de que mis mejillas están mojadas. Las voces murmuran fuera y la puerta se abre.

—Nena. —Tank me contiene en sus brazos. Su mano se mueve hacia arriba y hacia abajo de mi espalda mientras lloriqueo, como lo hice cuando Tank me dio la noticia de la muerte de mi padre.

—Él me amaba. —Mi voz está amortiguada en su hombro—. Realmente me quería.

—Por supuesto. ¿Qué es no amar?

Eso me hace llorar más.

Amber entra con pañuelos desechables, y después de una sesión en el baño con maquillaje de emergencia, puedo unirme a la fiesta una vez más. Nadie comenta nada sobre mis ojos rojos, aunque Trey me da un abrazo, que termina rápidamente cuando Tank le gruñe. Jared me da un golpecito de puño, y Amber me hace señas al borde de la terraza para que me pare con ella y Garrett.

—Tenemos una sorpresa para ti —me dice mi nuevo alfa—. Solo nuestra humilde forma de darte la bienvenida a la manada.

La manada se reúne en la terraza, mirando hacia el cielo y en silencio.

—¿Ha sido idea tuya? —le pregunto a Tank.

—No.

—Fue de la manada— afirma Trey—. Pero el padre de Tank compró todo.

—Es su forma de disculparse —murmura Tank.

Busco en la multitud pero no veo a Titus.

—Él está allí. —Garrett señala los arbustos a una distancia de la casa.

Un silbato, un estallido y chispas blancas iluminan el cielo.

—Fuegos artificiales —respiro.

—Por mi nena. —Las manos de Tank estabilizan mis caderas mientras los fuegos artificiales florecen rojos, amarillos, verdes, azules y púrpuras una y otra vez.

—Son los colores del arco iris —señala Trey tirando de un mechón de su cabello.

Un espectáculo de luces, solo para mí.

Tank toma mi mano.

—Es hora.

Me tira a un lado. Amber y Sunny me saludan mientras se dirigen hacia adentro. El resto de la manada ya se está despojando de su ropa.

Garrett cambia primero, apunta su nariz a la luna y se transforma. Él mira hacia atrás en dirección a Amber y espera su saludo antes de lanzarse a la maleza.

El resto del manada lo sigue, el cambio se estimula por la llamada del alfa.

Tank hace guardia cuando entro en la casa con la piscina para cambiarme.

—¿Estás seguro? —pregunto—. ¿No quieres correr con la manada?

—Nena. —Sacude la cabeza—. Eres una de la manada.

Un minuto después, troto en forma de zorro. Tank me olfatea y me acompaña cuidadosamente a la colina donde Garrett espera. El gran alfa se acerca, y yo ruedo hacia mi espalda, ofreciendo mi vientre en confianza y sumisión. Un olfato superficial, y Garrett se aleja. Tank toma su lugar hasta que estoy de pie de nuevo. Él toma la retaguardia, Trey y Jared me flanquean, y Garrett lidera el camino. Corremos mientras otra ronda de fuegos artificiales explota en el cielo nocturno.

RECONOCIMIENTOS

Muchas gracias a nuestras maravillosas lectoras que pasaron once horas revisando todo, Katherine Deane y Aubrey Cara; y a Margarita C. por su ayuda y asesoramiento legal.

Enorme abrazo a Kate Richards, nuestra fabulosa editora que siempre nos ofrece lecturas constructivas y se hace un tiempo para nuestros libros entre vacaciones y otros proyectos cuando estamos en una fecha límite difícil; y a Miranda, autora de *Mommy's a Book Whore* por su edición adicional y su lectura inicial.

Gracias a Lee's Goddess Group y Renee's Romper Room por su apoyo y amor. Gracias a nuestros lectores de ARC y a L. Woods PR y a los *bloggers* que apoyan nuestros lanzamientos. ¡Todos son increíbles!

LA OBSESIÓN DEL ALFA - EXTRACTO

Por favor, disfruta de este breve extracto del próximo libro independiente de la serie *Alfas peligrosos*

Layne

Los datos del ordenador me miran fijamente y yo también los observo. Es un concurso sin sentido. El ordenador gana.

Sacudiendo la cabeza, hago rodar mi silla por el laboratorio hasta mi microscopio, pero no, nada ha cambiado allí tampoco.

—Eso no puede estar bien —murmuro y me froto los ojos—. He estado mirando a través del microscopio o una pantalla todo el día, siete días a la semana desde que comencé este trabajo. Tal vez estoy empezando a alucinar.

—¿Hay algo mal?

Jadeo y giro, con una mano en el pecho.

—Dr. Smyth, me sorprendió —digo.

El hombre en la puerta inclina su cabeza rubia, casi blanca, pero no se disculpa y prosigo:

—No pasa nada. Solo estoy hablando conmigo misma. Lo hago a veces. Hum. —Me aclaro la garganta—. Terminé con las pruebas preliminares en las células que el equipo Alfa se apresuró a darme. Ha habido algunos resultados bastante espectaculares.

Mi jefe entra como si fuera el dueño del lugar, a pesar de que no ha puesto un pie aquí desde que me contrató por primera vez. No está vestido con una bata de laboratorio, sino con un traje oscuro de negocios. Incluso con zapatos negros brillantes, no hace ruido cuando se mueve, y a veces lo sorprendo mirándome con una mirada sin pestañear. Como un caimán o algún depredador a la caza.

Mi madre siempre me dijo que tenía una imaginación salvaje.

Agarro mi silla de escritorio, feliz de tener algo entre él y yo.

—Tengo que preguntar: ¿cuál fue la fuente de estas células? —digo.

—Te lo diría, pero luego tendría que matarte. —Su sonrisa me pone rígida. En todo caso, la mueca sin alegría solo muestra sus prominentes caninos.

—Ah sí, por supuesto. —Me río a medias, para demostrar que sé que fue una broma.

—Todo a su debido tiempo, señorita Layne. Por ahora, DataX está aplicando pruebas dobles y anónimas en todos los proyectos nuevos, para evitar el sesgo de investigación en los hallazgos.

—Por supuesto. Es solo que los datos... son extraordinarios. —Me muevo a mi escritorio para mostrárselos—. Todo era normal hasta que los coloqué bajo un espectro alto.

—Un momento —interrumpe mi jefe y saluda a

alguien desde el pasillo. Un hombre delgado y mayor con la cara enjuta entra—. Don Santiago, me gustaría que conociera a nuestra nueva empleada, la científica líder en el proyecto Omega, la señorita Layne Zhao.

«En realidad, soy la doctora Zhao». Trabajé duro para conseguir ese doctorado. Algún día voy a tener el valor de corregir a este lastre con sonrisa de cocodrilo.

Los ojos del recién llegado me escanean de arriba abajo mi silueta. Él está juzgando mi apariencia, o admirando mis senos debajo de mi bata de laboratorio. Decido que es lo primero, para darle el beneficio de la duda.

—Encantada de conocerte. —Me enderezo, deseando haber sabido que mi jefe venía con invitado. No recuerdo la última vez que fui a casa a ducharme. No es que tuviera mucho tiempo, pero al menos podría haberme puesto una bata de laboratorio y cepillarme el cabello. Tampoco puedo recordar la última vez que hice alguna de esas cosas.

—El placer es mío —ronronea el hombre en un inglés muy acentuado. Su mirada descansa en la curva de mis senos debajo de la bata de laboratorio mientras le dice a Smyth—: Qué mujer tan hermosa para mantenerla encerrada en este laboratorio.

Smyth se ríe y yo arrastro la silla. Algo del sonido crispado pone mis dientes al límite.

—Oh, finalmente la dejaremos salir. Don Santiago está visitando todas nuestras operaciones. Es un importante donante del programa. Me gustaría que escuchara tus hallazgos.

—Por supuesto. —Hago una pausa mientras varios hombres vestidos de negro se acercan y toman lugares junto a la puerta y otros discretos alrededor de la sala. Todos llevan armas automáticas atadas al pecho.

—Mis disculpas —dice Santiago en ese tono cálido y

rico—. Llevo a mis guardaespaldas a donde quiera que vaya. Las cosas son menos seguras en mi país de origen.

—Ah, cierto. No hay problema. La seguridad por aquí también es bastante estricta. —Sonrío débilmente. La verdad es que la seguridad por aquí es ridícula. Otra razón por la que trabajo tantas horas en el laboratorio, para no tener que pasar por el estúpido escáner cada vez que tomo un descanso o me voy a almorzar.

Algunos de los guardias de seguridad disfrutan tratando de encontrar algo.

—Una precaución necesaria —dice Smyth—. Nuestra investigación está a la vanguardia de los estudios de ADN. Nuestra competencia mataría para tener en sus manos nuestros hallazgos.

Vuelvo a ponerme rígida ante la palabra *matar*, pero tanto Smyth como Santiago se ríen. Estar rodeada por seis guardias corpulentos con armas de fuego debe de ponerme nerviosa.

Me aclaro la garganta:

—Como estaba diciendo, estas son las células extraídas del proyecto Alfa, ¿estás familiarizado con él?

Tanto Smyth como Santiago asienten. Probablemente saben más al respecto que yo.

—Así que estoy realizando pruebas en estas células. Y los resultados son extraordinarios. Son resistentes a las enfermedades, extremadamente duraderas y autoregenerantes.

Hago una pausa para jadeos de asombro. Nada. Los dos hombres me observan. Santiago casi parece... aburrido. Smyth hace gestos para que continúe.

—Pero son células humanas normales... al menos yo pensaba que lo eran. —Me pongo en el ordenador donde realicé la última prueba—. Hoy las coloqué bajo un espectro de luz débil. Las células se han transformado en otra cosa, en algo... no humano. No he podido descubrir mucho más allá de eso...

—¿Qué tipo de espectro de luz inició los cambios?

Uh. Odio cuando me interrumpen, y Smyth lo hace mucho. Pero él es el jefe, y cuando me contrató, me dio acceso a una instalación de vanguardia para completar mis estudios posdoctorales. Y cuando publique mis hallazgos, todos los factores incómodos aquí valdrán la pena. Eso es lo que me sigo diciendo a mí misma, de todos modos.

«Solo sonríe y cumple».

—Son, ah... —busco términos simples— principal-mente rojas y naranjas. Una luz débil. Destinada a simular la luz de la luna.

Smyth y Santiago intercambian miradas.

—¿Algo más? —Santiago pregunta.

Sacudo la cabeza, a pesar de que quiero hablar a borbotones sobre lo increíble que es el avance.

—Bien, bien. Envíame un correo electrónico con más hallazgos. —Smyth extiende una mano para sacar a Santiago de la sala, despachándome de inmediato. Me muerdo la lengua. Soy una científica del ADN. Tengo títulos de dos de las mejores facultades. Y ahora tengo un jefe que me trata como a un técnico de laboratorio idiota, o peor aún, como a un caramelo para los ojos.

Y lo tomaré, porque si estas células alfa tienen la clave para curar enfermedades, entonces vale la pena sentirse un poco incómoda.

Suspiro y vuelvo al trabajo.

~.~

Unas horas más tarde, las luces parpadean sobre mí. Por un segundo, el laboratorio está bañado por la oscuridad, la única luz proviene de los ordenadores. Estoy de pie, pero las luces vuelven, como si todo fuera normal. Mis ordenadores todavía están funcionando, pero tienen generadores de respaldo, así que si hay un corte de energía, no pierdo ningún dato.

Aún así, es extraño.

—Seguridad —una voz baja llama y me levanto del escritorio.

Un joven con cabello rubio puntiagudo levanta las manos. Lleva jeans negros y una camiseta negra moldeada a su musculoso pecho. No es un tipo grande, como algunos de los guardias de seguridad, pero es puro músculo magro.

—Oye, lo siento. No quise asustarte.

—Está bien. Um, ¿necesitas que me vaya? —Reúno algunos papeles.

—No, no estaré aquí mucho tiempo. ¿Estás en el turno de noche?

Le muestro una sonrisa. Es joven para guardia de seguridad, de mi edad. Los tatuajes corren por sus antebrazos y tiene expansores en ambas orejas. Aun así, es de aspecto amigable.

—Solo estoy trabajando hasta tarde. Proyecto en curso. Sabes cómo es.

—Seré rápido —dice—. Solo estoy haciendo las rondas.

—Seguro que no escatiman en la seguridad por aquí.

Otra risa baja. Es un pequeño James Dean. O Billy Idol.

—Prometo no entrometerme en tu trabajo —dice con voz ronca.

—Gracias. —Esto le provoca una sonrisa más grande. Mi laboratorio es mi reino y santuario. Por tanto tiempo que pase aquí, debería ser mi dirección permanente.

Pellizco el puente de mi nariz para aliviar el dolor entre mis ojos. Es de noche, lo que significa cena. Ni siquiera he almorzado. Me dirijo a la esquina donde guardo mis barras de granola y medicamentos para el dolor, sintiendo los ojos del joven guardia sobre mí. Es atractivo, si prestas atención a cosas como esas.

Cosa que normalmente no hago. Por alguna razón, mis hormonas, que apenas han funcionado desde que me salté la escuela secundaria y fui directamente a la universidad, simplemente se pusieron en marcha. Y por el primer guardia de seguridad amigable en este ambiente de trabajo similar a una prisión. Imagínate.

Utilizo el descanso para ir al baño, donde me echo agua en la cara. Aparte de las ojeras debajo de los ojos, no me veo demasiado horrible. Mi cabello negro lacio está recogido en una cola de caballo apretada. Tengo pómulos altos y hoyuelos, como mi madre, con ojos en forma de almendra, un regalo de mi padre chino-estadounidense.

Supongo que soy bonita. Incluso en una bata de laboratorio, mis curvas son obvias. No tan voluptuosas como lo serían si comiera regularmente. Pero debajo de la tela blanca está el cuerpo de una mujer. Suficiente para atraer a los guardias de seguridad. Suficiente para llamar la atención de Santiago.

Hago una cara en el espejo. No me importa si él es donante y multimillonario, y debe de serlo, para financiar un proyecto como este. Ese tipo era espeluznante. No quiero que me ojee.

Pero el joven guardia de seguridad... ahora ese es un asunto diferente. No me importaría que él me registre desnuda.

De acuerdo, ese fue un pensamiento inusualmente sexual. ¿Qué me está pasando? Realmente he estado demasiado aislada últimamente.

Cuando vuelvo a mi asiento, el ordenador parpadea. Extraño. Estaba bien hace un minuto. Pero ahora la pantalla está viva de movimiento. El joven guardia de seguridad está doblado en un módem en la esquina.

—¿Qué estás haciendo? —Frunzo el ceño.

Se endereza, pero no responde.

—La única persona que se supone que debe tocar estos ordenadores soy yo.

Se mete las manos en los bolsillos y, por alguna razón, creo que lo está haciendo para parecer menos amenazante.

—¿Te envió el Dr. Smyth?

El guapo guardia se queda quieto. Totalmente alerta.

—¿Conoces al Dr. Smyth?

—Por supuesto que sí. Me contrató. Él estaba aquí.

¿Aquí? —La boca del hombre se tensa, los ojos azules brillan—. ¿Lo viste?

—Sí. Él supervisa este proyecto. —El pitido del ordenador a mi lado me hace girar—. ¿Qué hiciste? —Los números se desplazan por la pantalla, algún tipo de código que no reconozco. Estas máquinas se utilizan solo para tabular los resultados de mis pruebas. Golpeo el teclado y no pasa nada—. ¡Haz que se detenga!

Cuando me doy la vuelta, me está apuntando con un arma. Un arma grande con un cañón largo y ancho.

—Aléjate del ordenador —dice—. No quiero lastimarte.

Levanto las manos y retrocedo. Atrás quedó el aire casual e inofensivo, reemplazado por un soldado de facciones duras.

«¿Quién demonios es este tipo y qué quiere?».

De repente, la seguridad en este edificio no parece tan exagerada. Si puedo ir al pasillo, puedo activar la alarma. Mis ojos deben de haber brillado en esa dirección porque él sacude la cabeza.

—Ni siquiera lo pienses.

Mi sangre corre caliente, luego fría.

—¿Qué vas a hacer?

—Lo que tengo que hacer. Ni más ni menos. Haz lo que te digo y no tendrás nada de qué preocuparte.

Dice el hombre que sostiene el arma. Me quedo quieta, contando mentalmente todo lo que hay en este lugar que podría usar como arma. Hay algunos viales de enfermedades infecciosas en una cámara frigorífica, pero si se los arrojo, me estaría poniendo en riesgo.

Manteniendo el arma apuntada en mí, el intruso se mueve al ordenador y espera.

—Unos minutos más, y me iré. Sin embargo, este laboratorio está equipado con explosivos. Así que querrás salir rápido.

—¿Qué? No —jadeo—. Estás bromeando.

—No estoy bromeando.

Agarro el respaldo de una silla para mantenerme erguida.

—¿Por qué estás haciendo esto? Esta investigación podría salvar vidas.

—¿Es eso lo que te dijeron para que trabajaras aquí? —Sus ojos brillan al mirarme. Me equivoqué, no son azules. Son de un extraño color amarillo. Tal vez esté enfermo, o drogado o algo así—. Mintieron.

—No, es la verdad. Debería saberlo. He estado trabajando en este proyecto la mitad de mi vida. Y estoy muy cerca de un gran avance. —No puedo evitar dirigirme a la impresora y agarrar las resmas de impresión de papel—. Por favor, mis hallazgos significarán mucho para la gente. Gente sin esperanza —mi aliento se atrapa en un sollozo. No suelo llevar el corazón a flor de piel. Supongo que tener mi vida bajo amenaza lo saca a relucir.

Estudia mi cara un momento.

—¿Qué encontraste?

—Las células en las que estoy trabajando son resistentes a las enfermedades. No solo eso, se regeneran. Casi he terminado de extraer su secuencia de ADN. Una vez que haga eso, podré replicarlo.

Algo parpadea en su expresión, pero no puedo comprenderlo del todo.

—¿Y luego qué?

—Entonces ... Lo usaré para ayudar a la gente. Personas que están enfermas. Personas que tienen enfermedades debilitantes y no tienen otras opciones. Esto puede ayudar a muchos.

Me detengo mientras las luces parpadean de nuevo. Vuelven a encenderse, hacen una pausa, como si contuvieran la respiración. Luego se corta sin más y nos sumergimos en la oscuridad. Solo puedo ver por el parpadeo verde de la señal de salida sobre la puerta.

El joven guardia no se ha movido, y me doy cuenta de que esto es parte de su plan. Su hermoso rostro se ve casi cansado con la poca luz de las pantallas de los ordenadores.

—Lo siento —dice.

Algo en mí se espavila. Corro hacia la puerta.

Él está sobre mí en un instante, con los brazos a mi alrededor por detrás. Abro la boca para gritar y me sujeta una mano sobre la boca. Se me ocurre que no usó el arma. ¿Por qué no?

—Cálmate. —Me lleva hacia atrás. Soy más pequeña que él, y él también es extrañamente fuerte—. No quiero lastimarte. Solo quiero saber más sobre el Dr. Smyth. — Huele a pinos y a tierra caliente.

Tal vez sea una señal de que he estado encerrada sola aquí demasiado tiempo, pero no estoy tan asustada como probablemente debería estar. Aún así, no puedo hacer que arruine mi investigación.

—No sé nada. Por favor. ¡Acabo de ser contratada hace unos meses!

—¿Pero te contrató? ¿Y lo viste hoy?

Asentí, haciendo que su mano sobre mi boca se mueva conmigo.

—¿Estaba con alguien?

—Un anciano, un donante. Don Santiago. Tenía muchos guardaespaldas —agrego—. Como diez de ellos. Hombres con armas. Militares.

El joven me gira para que me enfrente a él. Sostiene mis dos antebrazos en un agarre firme pero que no dejaría moratones.

—Por favor...

—¿Cómo te llamas?

Lo miro en la oscuridad. Sus ojos son ancestrales en su rostro juvenil. Ha vivido una vida dura, sea quien sea.

—Doctora Zhao. Layne. —Agrego mi primer nombre, esperando que me vea como una persona, no como una rata de laboratorio sin rostro. Me lamo los labios. Brevemente, su mirada cae hacia ellos.

La indecisión juega sobre su rostro.

—Está bien, Layne. —Suelta un brazo y me gira hacia la puerta—. Vienes conmigo.

LA OBSESIÓN DE ALPHA ~LEER AHORA

LEA TODOS LOS LIBROS DE LA SERIE ALFAS PELIGROSOAS

La tentación del alfa

"Ropa fuera, gatita. Esa será una regla. Tú nunca deberías llevar más ropa que yo".

MÍA PARA PROTEGER. MÍA PARA CASTIGAR. *MÍA*.

Soy un lobo solitario y me gusta que sea así. Desterrado de mi manada desde mi nacimiento, después de un baño de sangre, nunca quise una pareja.

Entonces me encuentro con Kylie. «Mi tentación». Estamos juntos atrapados en un ascensor, y su pánico hace que casi se desmaye en mis brazos. Ella es fuerte, pero está rota. Y esconde algo.

Mi lobo quiere reclamarla. Pero es humana y su delicada carne no sobrevivirá a la marca de un lobo.

Soy demasiado peligroso. Debería alejarme. Pero cuando descubro que ella es la hacker que casi acaba con mi empresa, le exijo que se someta a mi castigo. Y ella lo hará.

Kylie me pertenece.

Nota del editor: *La tentación del alfa* es un libro independiente de la serie *Alfa Peligrosas*.

Final feliz garantizado, sin trampas. Este libro contiene un lobo alfa ardiente y exigente con una inclinación por proteger y dominar a su hembra. Si este material te ofende, no compres este libro.

El peligro del alfa (Alfas peligrosos 2)

«Rompiste las reglas, humana. Ahora me perteneces».

Soy un lobo alfa, uno de los más jóvenes del país. Puedo elegir a cualquiera de las lobas de la manada para que sea mi pareja. Entonces, ¿por qué estoy olfateando a la sensual abogada humana que vive al lado? Tan pronto como siento el dulce olor de Amber, mi lobo quiere reclamarla.

Estar cerca de ella es una mala idea, pero yo no sigo las reglas. Amber actúa toda digna y recatada, pero también tiene un secreto. Quizás no quiera tener habilidades psíquicas, pero son un don.

Debería dejarla ir, pero la forma en que intenta luchar contra mí solo hace que la desee más. Cuando descubra lo que soy, no podrá escapar. Es parte de mi mundo, le guste o no. Necesito que use sus dones para que me ayude a encontrar a mi hermana perdida y no aceptaré un no por respuesta.

Ahora me pertenece.

LIBRO GRATIS - LA VIRGIN Y EL VAMPIRO

Quiere un libro gratis de Renee Rose y Lee Savino? Suscríbete a su newsletter para recibir *La virgin y el vampiro* y otro contenido especialmente bonificado y noticias de nuevos. https://BookHip.com/NCVKLK

LIBRO GRATIS DE RENEE ROSE

Quiere un libro gratis de Renee Rose? Suscríbete a mi newsletter para recibir *Padre de la mafia* y otro contenido especialmente bonificado y noticias de nuevos. https://BookHip.com/NCVKLK

OTROS LIBROS DE RENEE ROSE

Vegas Clandestina

Rey de diamantes

Padre de la mafia

Sota de picas

As de corazones

El comodín del Loco

Su reina de tréboles

La mano del muerto

El comodín

Rancho Wolf

Áspero

Salvaje

Feroz

Rudo

Indomable

Implacable

Dos Marcas

Rebelde - GRATIS

Tentada

Deseada

Seducida

Alfas peligrosos

La tentación del alfa

El peligro del alfa

El premio del alfa

El reto del alfa

La obsesión del alfa

ACERCA DEL AUTOR

RENÉE ROSE, LA AUTORA BESTSELLER EN USA TODAY, ama los héroes dominantes, ¡los machos alfa que saben hablar sucio! Ha vendido más de un millón de copias de tórridas novelas románticas con diferentes niveles de sexo no convencional. Sus libros han sido presentados en el Happily Ever After de USA Today y en Popsugar. Nombrada en el Eroticon de los Estados Unidos como la Próxima Autora Erótica Top en 2013, ha ganado también como Autora Preferida en Ciencia Ficción y Antología Valiente y Atrevida y con la mejor novela romántica histórica en The Romance Reviews. Figuró catorce veces en la lista de USA Today con su serie Rancho Wolf y varias antologías.

**Suscríbete a mi newsletter para recibir contenido especialmente bonificado y noticias de nuevos lanzamientos en Español.

https://www.subscribepage.com/reneerose_es

ACERCA DEL AUTOR

Lee Savino es una autora de novelas románticas inteligentes y sensuales incluida en las listas de grandes éxitos del periódico USA Today. La puedes encontrar en el grupo "Goddess Group" en Facebook.